les moutons électriques

Volume dirigé par Vivian Amalric et André-François Ruaud, avec des contributions de Vivian Amalric, Jacques Baudou, Philippe Caille, Élisabeth Campos, Philippe Ethuin, Christine Luce, Xavier Mauméjean, Christelle Pissavy-Yvernault, Julie Proust Tanguy et André-François Ruaud, sous une couverture par Melchior Ascaride et avec un frontispice en hommage au Club des Cinq par Michelle Bigot ; ci-contre : dessin pour *Émile et les détectives*, 1949 ; textes révisés pour cette deuxième édition

Tirage limité à 1300 exemplaires

Nos parutions sont soutenues par la région Nouvelle-Aquitaine

www.moutons-electriques.fr
ISBN 978-2-36183-860-7

JEUNES

DÉTECTIVES

LES VIES

Le plus bel âge

« Les enfants détectives qui résolvent les problèmes dont les grandes personnes ne trouvent pas la solution, je sais que ça n'existe que dans les livres. » (Marc Soriano, *Le Mystère de la cigogne jaune*, Bibliothèque verte, 1965)

« C'est seulement dans les livres que les enfants sont capables d'arrêter de vrais bandits ! » (Katarina Mazetti, *Les Cousins Karlsson - Monsres et mystères*, Thierry Magnier / Gaïa, 2014)

Si beaucoup de pages furent consacrées à ceux que l'on nomme souvent les « grands détectives », les Sherlock Holmes, les Maigret, les Hercule Poirot, les Nestor Burma… il nous est apparu qu'en revanche, on aura jusqu'à présent trop peu parlé de ceux qui sont non pas de « petits détectives », mais bien plutôt des jeunes détectives. Et pourtant, leur célébrité n'a parfois rien à envier à celle de leurs aînés !

Bien au contraire, l'incroyable renommée du Club des Cinq ou de Fantômette, par exemple, continue à défier les années. Le premier date de l'entre-deux-guerres, la deuxième sévit durant les anées 1960, et pourtant, leurs exploits continuent de séduire générations après générations.

Des enfants qui mènent des enquêtes policières ? Le concept pourrait sembler étrange, presque irréaliste, et pourtant : le grand Sherlock Holmes lui-même, premier des investigateurs modernes, ne faisait-il pas appel aux talents d'un groupe de gamins, ses Irréguliers de Baker Street ? Et au moment où le roman policier connaissait son âge d'or anglo-saxon, dans les années 1930, ne vit-on pas fleurir quantité de jeunes vocations, celles des frères Hardy, de Nancy Drew alias Alice, du Club des Cinq et de tant d'autres ?

Il était temps qu'un ouvrage soulève un coin du voile sur ces jeunes vies, passionnées et turbulantes, souvent si célèbres et cependant si peu étudiées dans leurs détails.

Le temps des jeunes détectives.

Chapitre Un

Caïus

Sous le soleil radieux à peine levé, les esclaves se pressent dans les rues de Rome, faisant les courses pour approvisionner les demeures de leurs maîtres endormis. Sur le forum, des groupes de citoyens discutent avec animation. Dans la rue des archives municipales, toute proche, un groupe plus important murmure et gronde. Au premier rang, des esclaves copistes notent sur des plaquettes les nouvelles du jour qui viennent d'être affichées. Soudain, une nuée de gamins s'abat sur le groupe, zonzonne un moment puis s'égaille vivement. Une scène habituelle de l'enfance insouciante et joueuse dans la Rome du Ier siècle après Jésus-Christ ?

Pas vraiment. Car ces enfants qui sont venus aux nouvelles ont à gérer une situation exceptionnelle : c'est un de leur camarade dont on cite les hauts faits et dont on vilipende l'exaction, un de leur camarade qui va être recherché et jeté pour le moins en prison si, au pire, on ne le met pas à mort, pour avoir profané le temple de Minerve, dédié à l'Empereur, par ces mots enfantins, mais injurieux :

CAÏUS EST UN ÂNE

Plaisanterie puérile sans conséquence ? Pas sous le règne de l'Empereur Tibère, Dieu vivant pour les Romains ! Rufus, le présumé coupable de cet acte criminel, risque de se voir couper les deux mains. Et peut-être même pourrait-il être mis à mort, car l'âne Caïus visé par ce graffiti n'est autre que le fils du Sénateur Vinicius, consul de Rome et chef de la Garde Prétorienne. Celui-ci n'est pas prompt à pardonner et veut prévenir le sévère préfet Lucius Tellus, aussi célèbre pour ses jugements implacables que pour ses fastueuses fêtes nocturnes.

Et pourtant, celui qui est coupable aux yeux de tous est innocent à ceux de ses amis, car il leur a fait serment de ne pas avoir commis ce sacrilège, or la parole d'un ami vaut tout l'or du monde dans un cœur adolescent. Les circonstances ne leur laissent donc pas le choix : il leur faut prouver cette innocence aux adultes et se transformer en détectives à une époque où le terme n'existe même pas encore. Cependant, l'élucidation de crimes et mystères, la résolution d'énigmes policières ou criminelles, les exploits des hommes (ou ici des enfants) qui ne craignent pas de payer de leur personne pour innocenter l'innocent sali, rétablir la vérité bafouée et confronter les âmes noires aux responsabilités que leurs actes impliquent ont, de tout temps, fasciné les chroniqueurs. C'est ainsi que l'histoire de ces antiques Romains a traversé les siècles et atterri entre les mains d'Henry Winterfeld[1] qui nous a rapporté leurs trois aventures, en Allemand, sa langue maternelle. Deux de ses récits ont été traduits en Français, nous permettant de faire connaissance avec nos *tirunculi cognitores*[2]...

1. Henry Winterfeld, 1901-1990 : *Caius ist ein Dummkopf* (*L'Affaire Caïus*), *Caius geht ein Licht auf* (*Caïus et le gladiateur*), *Caius in der Klemme* (non traduit).

2. Apprentis détectives

Ils sont sept, tous différents, bien entendu, chacun avec ses préférences, ses facilités et ses difficultés, tous élèves de la prestigieuse « école Xanthos » où leurs riches parents les ont inscrits. Aucun n'est taillé pour mener une enquête, mais les sept têtes de cette hydre enquêtrice vont lui permettre de faire des miracles, à plusieurs reprises...

Mucius Marius Domitius est le leader incontesté de la bande (peut-être faudrait-il la dénommer « l'équipe » ?), le garçon qu'on écoute et respecte. Déjà dans la classe, le maître lui a confié les fonctions de « moniteur de la classe », spécialement chargé de faire régner la discipline et de régler les différends entre les élèves. De fait, il prend régulièrement les décisions et organise les recherches et les enquêtes que ces apprentis détectives ont l'occasion de mener.

Il serait injuste de prétendre qu'ils les règlent entièrement par eux-mêmes, car ils sont plus que soutenus par leur Maître, surnommé Xantippe par leurs soins, du nom de l'épouse de Socrate qui menait, paraît-il, la vie dure à son époux, ainsi que Xanthos la mène lui-même à ses élèves. Ce savant mathématicien ordonne leurs déductions, organise leurs investigations, finance leurs opérations et fait jouer son influence de pédagogue reconnu et réputé chaque fois qu'il en a l'occasion. De victime à mentor, son rôle évolue très rapidement au sein de la dynamique du groupe de limiers que sont devenus ses élèves, par la force du destin.

Jules, Publius, Flavien, Antoine, Rufus et Caïus apportent chacun leurs qualités diverses au groupe... Antoine est le fantaisiste, toujours à échafauder les hypothèses les plus abracadabrantes, mais il n'hésite pas à payer de sa personne et c'est lui qui se trouve jeté aux lions ou qu'on saoule au cours d'une soirée mondaine, situations dont il se sort avec panache à chaque fois. Jules possède un solide bon sens et quelques ressources financières qui sont parfois mises à contribution pour le bien commun. Publius est le râleur de service, l'esprit contradicteur, le défenseur du bon sens, le garçon aux pieds de plomb, mais au cœur d'or, comme il se doit. Quant à Flavien, il semble être le maillon faible de la chaîne, tant il est peureux, mais il sait surmonter ses frayeurs pour répondre aux exigences des situations et ses talents de copiste auront eu l'occasion d'être mis à exécution. C'est probablement grâce à lui et ses tablettes que le récit de leurs aventures est parvenu jusqu'à Winterfeld qui l'a mis en forme.

Les cas de Rufus et de Caïus sont un peu plus complexes. Le premier est l'élément perturbateur par qui l'aventure surgit dans la vie de ce petit groupe d'écoliers, celui qui catalyse les événements, mais aussi celui qui les subit au premier chef, car, coupable présumé, il est arrêté par les autorités et nécessite tous les efforts de ses camarades qui doivent, par tout moyen en leur possession faire la preuve de son innocence. Quant à Caïus, enfin, c'est bien triste à dire, mais c'est un âne ! Même si ce n'est pas une raison pour le clamer sur les toits et moins encore pour le peindre sur les temples, il faut reconnaître que l'exercice intellectuel n'est pas son fort. Toutefois, il compense cela par un très grand sens de l'amitié, une droiture à toute épreuve et un courage réjouissant. Dès qu'il comprend que Rufus risque très gros, il se range auprès de ses camarades pour tenter de comprendre le secret de l'énigme. Car énigme il y a : si Rufus n'a pas commis ce méfait, qui l'a fait ? Qui l'a dénoncé après coup ? Qui a alerté le journal et prévenu le censeur des informations de la profanation avant même que celle-ci ait été découverte ? Et qui a agressé Xantippe et l'a laissé enfermé dans un placard de l'école ?

À mesure que leur enquête progresse, les questions s'accumulent et il leur faudrait bien l'aide d'un devin pour y comprendre quelque chose. Or il y en a justement un de l'autre côté de la rue de l'école, très prisé par les riches patriciens, mais mystérieux et réputé dangereux. Est-ce une très bonne idée de faire appel à lui ? Nos écoliers se rendent vite compte que non, car Lukos le devin grec, semble bien avoir des liens avec le préfet Tellus et leur vie s'en trouve soudain menacée...

Finalement, seule leur intelligence et un petit coup de chance, l'inévitable association qui fait le succès des détectives de tous les temps, leur livrera le vrai coupable et la clef de l'énigme...

Une fois le calme revenu et leur routine scolaire rétablie, les élèves de Xanthos décident un jour d'offrir à leur maître un esclave pour son anniversaire. Munis de leurs maigres économies, leur choix se porte sur un jeune garçon sourd-muet, beaucoup moins cher pour cette raison, et ce au détriment de l'avis d'Antoine qui aurait préféré offrir au Maître un véritable lion adulte, qu'il aurait pu obtenir à un bon prix. Une bonne action n'est pas toujours payée de retour et non seulement leur maître n'apprécie guère le cadeau en lui-même, mais il s'avère que le jeune Udo est en fait recherché par un menaçant gladiateur borgne, comme ils le découvrent très vite dans une confrontation qui ne tourne à leur avantage que de justesse.

Et pour cause, Udo n'est pas muet, mais il est l'esclave personnel du commandant en chef de l'armée d'occupation romaine sur le Rhin et il est investi d'une mission importante, celle de transmettre une lettre à un conspirateur. Il a cependant vite compris que cette mission ne souffrait pas d'oreilles indiscrètes et qu'il serait supprimé dès qu'il aurait délivré le message et il a rapidement décidé d'éviter ce désagrément par la ruse et la fuite. En sécurité au sein de la petite bande de détectives en herbe, il peut révéler que la lettre contient l'ordre d'assassiner un grand sénateur, au grand émoi de ceux-ci dont les pères sont tous des sénateurs !

Immédiatement, leur enquête se dessine : il leur faudra trouver la victime potentielle de cet attentat, empêcher son assassinat, confondre les conspirateurs et expliciter leurs motifs. Cela implique évidemment de faire face à de nombreux périls et ils ne feront pas piètre figure face, notamment, à Gorgon, le gladiateur borgne impliqué dans le complot. Le poids d'une telle investigation est énorme pour d'aussi jeunes enfants et ils auront de nouveau besoin de toutes leurs capacités individuelles ainsi que celles du groupe, plus celle de leur Maître, Xantippe, dont le rôle sera plus significatif dans cette enquête que dans la précédente, et même celle d'un lion, en chair et en muscles, celui-là même qu'Antoine eût voulu en cadeau pour Xantippe.

Après un nouveau retour à la normale, les élèves de Xanthos auront de nouveau quelques sueurs froides après avoir constaté la disparition de Caïus. Sa bêtise habituelle l'ayant fait s'introduire dans les jardins de l'Empereur pour une raison futile, il a été condamné à mort pour tentative d'assassinat sur celui-ci. Son père Vinicius a apparemment lui-même exécuté la sentence, plongeant les enfants dans un effroi sans nom. Heureusement, leur ténacité et leur intuition leur révéleront bien vite que la mise à mort n'a été que simulée. Malheureusement, ils auront moins de chance que dans leurs enquêtes précédentes et finiront tous en prison. Seul Xanthos sera à même de les sortir de là, mais il n'obtiendra de l'Empereur que la faveur de voir la vie de ses élèves dépendre du résultat d'une course de chars, car la sottise de Caïus avait pour origine son envie d'obtenir des billets pour cette course. Inutile de préciser que Ben Gor, le conducteur de char dont la vie des jeunes détectives dépend, fera en sorte de remporter l'épreuve, leur permettant de retrouver le fil de leur existence et de voir leurs exploits relatés à travers les siècles.

Ainsi, à trois reprises, au moins, cette antique école de fins détectives aura eu à résoudre des énigmes mettant en jeu la vie ou la réputation de l'un d'entre eux. Aucun n'aura hésité à errer dans les bas quartiers, se glisser sur une galère ennemie, suivre nuitamment des conspirateurs dans un obscur et terrifiant cimetière, se frotter aux opposants de leur groupe, fussent-ils préfet ou gladiateur, général ou devin ! Il pourrait même sembler incroyable qu'ils se fussent adjoint le renfort phénoménal d'un véritable lion, qu'ils eussent contribué à affranchir un jeune esclave de sa servitude ou qu'ils eussent retrouvé un trésor, dû à l'Empereur, détourné par un général, entre autres prouesses, et pourtant, c'est ce qu'ils firent également, gagnant le privilège de rejoindre les annales de la petite histoire, tout en laissant aux Grands de ce monde celui d'écrire la Grande...

(Philippe Caille)

Jennings viewed his prune through the telescope.

Illustration de Douglas Mays, pour Thanks to Jennings, *1927.*

Chapitre deux

Bennett

Si vous prenez l'express de 15h 10 en partance de la gare Victoria, vous ne manquerez pas de tomber sur un groupe de garçons âgés de dix à douze ans. Leur casquette et blazer couleur grenat indiquent qu'ils sont élèves au collège secondaire de Linbury. Tôt ou tard, votre attention sera attirée par l'un d'entre eux, constamment agité, aux yeux éveillés, dont la tignasse brune paraît ignorer l'usage du peigne. John C. T. Bennett demeure hors période scolaire à Haywards, à vingt-cinq kilomètres du collège. Il y est interne, tout comme ses condisciples qui s'apprêtent à entamer un nouveau trimestre.

Près de lui se tiendra forcément Charles Edwin Jérémie Mortimer, résidant à Hertford. Pour ceux qui connaissent son père, le juge de paix Percival S. Mortimer, il en est la réplique miniature. Les cheveux fins et blonds, le visage long, Morty porte au bout d'un nez froncé comme celui d'un lapin des lunettes à la propreté douteuse. Généralement, elles sont de guingois et rappelle curieusement le signe %. Derrière ses verres, les yeux bleus du garçon s'embrument quand son humeur varie. Parlant lentement, avec un soin exagéré, Mortimer aime à asséner les aphorismes paternels quand la situation est critique, ce qui se produit fréquemment : « *C'est juste avant l'aube que la nuit est la plus sombre* ». Calme et timoré, totalement privé d'esprit aventureux, mais d'un loyalisme à toute épreuve, Morty forme avec Bennett un duo idéalement complémentaire, probablement le plus célèbre de la littérature collégienne.

Les internes s'entassent tant bien que mal dans les wagons tandis que les professeurs Carter et Wilkinson bénéficient d'un compartiment réservé, ce qui ne leur garantit nullement le calme attendu. D'un tempérament placide et sympathique, Mr Michael Carter est âgé d'une trentaine d'années, « *à mi-chemin de la jeunesse et de la maturité* ». Surnommé Auguste parce que *ad augusta per angusta* selon la maxime qu'il aime à rappeler, tous les garçons l'aiment et s'adressent à lui en cas d'ennui. Mr Carter n'a qu'un défaut : aussi adroit que l'on soit à dissimuler ses espiègleries, il les découvre toujours. Très courageux, il peut manipuler une araignée considérée par Bennett comme extrêmement venimeuse. Il reconnaît le grattement timide à la porte d'un élève puni, le martèlement précédant une nouvelle importante, ou les coups polis annonçant qu'un garçon va demander une faveur, des timbres ou de l'argent de poche (plus d'une livre requiert une explication). Enseignant les lettres, Mr Carter est aussi adjoint du directeur.

Tout autre est Mr L. P. Wilkinson (prénoms : Léopold Prosper, dissimulés aux élèves par l'intéressé). Plus jeune que Carter, de haute taille, la carrure large, pesant quatre vingt dix kilos de muscles, cet ancien étudiant de Cambridge, membre de l'équipe d'aviron qui a fait gagner trois années de suite son université contre Oxford, effectue tous les matins avant le petit-déjeuner une longue promenade en balançant les bras. La patience n'est pas son fort. Lorsqu'il est agacé, ou désarçonné par les idées saugrenues des garçons, ce qui arrive souvent, Wilkie émet le bruit d'une chaudière sous pression. En réalité, sous ses airs farouches et ses manières brusques, Wilkinson témoigne une réelle affection aux élèves et cherche à dissimuler un cœur d'or. Bourru mais timide, ce que l'on sait de lui nous est révélé pour l'essentiel par sa sœur Margaret, jolie jeune femme de vingt ans, svelte et blonde, au regard amical. Infirmière à Londres, elle lui a offert des boutons de manchette en or pour son vingt et unième anniversaire et lui confie parfois Méphisto, son chat siamois.

Le train quitte la gare et traverse la campagne verdoyante du Sussex, puis marque un premier arrêt pour décrochage de deux voitures à Southaven Junction, à quinze kilomètres de Dunhambury où l'on arrive à 15h 50. Là, les garçons grimpent dans un autobus qui les conduit à leur destination.

Ancien manoir et résidence campagnarde des Linbury, transformé par le quatrième lord en établissement scolaire au milieu du XIXe siècle, le collège secondaire possède un domaine très étendu. On y accède par une grille en fer avant de s'engager dans l'allée bordée d'ifs taillés. Les bâtiments principaux de quatre étages se groupent autour de la grande cour. Au rez-de-chaussée se trouve le salon du directeur, dont les fenêtres donnent sur son jardin (roseraie, magnifiques glaïeuls et jardins potagers). Depuis le premier étage, on distingue les courts de tennis, ainsi que la piscine. Viennent ensuite l'annexe où l'on loge les élèves atteints de maladie contagieuse (rien de plus grave qu'un gros rhume), les terrains de cricket et de football, puis un vaste espace couvert d'herbes folles. Presque à la limite de la propriété, s'étend un petit bois et, au milieu, un étang. Le bois est interdit aux élèves durant l'hiver et jusqu'à Pâques. Mais, quand reviennent les beaux jours, les garçons y construisent des cabanes où l'on peut s'empiffrer de cake ou de sardines à l'huile. Un chemin cimenté longe l'arrière du collège, bordé par l'atelier de menuiserie, la remise à bicyclettes (celle de Bennett est bleu vif, aux garde-boue blancs, un fanion aux couleurs de l'Union Jack sur le guidon) et les deux garages réservés aux voitures des enseignants, dont l'automobile rouge vif de Wilkinson à la carrosserie hors d'âge.

Au-delà de huit cents mètres, la partie du domaine est louée en pâturages au fermier Collins. Sa ferme de Kettlebridge compte trente-sept vaches et une porcherie dont la pièce maîtresse est Suzannah VIII, « *la plus belle truie cornouaillaise* » selon son propriétaire, avis relayé par de nombreux experts.

Actuellement, le collège accueille soixante-dix-neuf pensionnaires. Les parents ont probablement été séduits par la tranquille réussite de l'établissement. Ainsi, pour ne prendre que des exemples volontairement datés, et fréquemment rappelés aux linburyens, dès 1875 R. K. Macpherson a décroché une bourse pour Oxford, puis en 1877 G.H. Johnson a fait de même pour Cambridge.

Mr Martin Winthrop Barlow Pemberton-Oakes en est le directeur. Docteur ès lettres, ancien élève d'Oxford âgé d'une cinquantaine d'années, ce latiniste a pour devise : « *Agir rapidement et sans délai.* ». Se déplaçant dans le collège d'un pas majestueux, il se repose entièrement sur ses collaborateurs en ce qui concerne les activités ordinaires. Le directeur se vante d'avoir les idées larges et de faire montre de principes éducatifs fort libéraux. Aussi, de temps en temps, le désir lui prend-il de procéder à des réformes radicales. Après quoi, épuisé, Mr Pemberton-Oakes se retire dans son bureau et la vie reprend son cours normal. Aux membres du corps enseignants déjà évoqués, il faut ajouter Mr Topliss, enseignant de latin, Mr Goddard, professeur de géographie et de dessin, et Mr Hind à qui revient le redoutable privilège d'enseigner la musique (la salle de musique est située sous la cabine de bains n°2, occasion d'éventuelles inondations). Mince, de haute taille, le visage pâle, Mr Hind parle d'une voix lente. Ce mélomane, qui a pour habitude d'écouter le lundi soir les programmes musicaux de la B.B.C., a renoncé à ce que Bennett apprenne le piano. Mortimer tente pour sa part de maîtriser le pipeau afin d'interpréter un jour « Campanules d'Écosse ». Guère convaincu, « *le regard vaguement douloureux* », Mr Hind subit stoïquement la cacophonie ambiante en frottant machinalement le fourneau de sa courte pipe en merisier sur le côté de son nez. Remarquons cependant que la chorale de Linbury est dirigée par Mr Wilkinson, doté d'une fameuse voix de baryton.

Le personnel d'entretien est composé du Père Cordon, à savoir le vieux Hawkins, concierge de nuit au dos rond, au regard furtif, qui déambule la démarche traînante avec un air de « *bagnard évadé* », selon Bennett. Son homologue du jour est Martin, âgé de vingt-cinq ans, surnommé le Père Savon parce qu'il a notamment en charge de fournir aux garçons savonnettes et serviettes propres. Employé consciencieux et méthodique, il met un point d'honneur à exécuter ses tâches. Suit Miss Smith, jeune femme vive et cordiale, pleine d'énergie, qui fait marcher tout le monde à la baguette. Les élèves l'adorent. Intendante de fonction, elle est à l'occasion infirmière, se limitant à délivrer une cuillerée de sirop. Un acte médical plus complet sera le fait du docteur Furnival. Notons que Miss Smith est propriétaire du chat Henri IV, sans qu'il faille y voir un titre de noblesse : le matou est simplement le quatrième du nom. Enfin, on complètera cette recension exhaustive des employés par l'évocation de Peggy la lingère et Colson le livreur.

*

La cloche du réveil retentit à sept heures et quart. Pressés par Mr Carter ou Mr Wilkinson, les internes quittent en maugréant les dortoirs. Très vite, le bruit des pas sur le parquet évoque la cavalcade d'un régiment de cavalerie à travers la plaine. Selon le règlement, un élève ne doit pas marcher les mains dans les poches comme si la maison lui appartenait. Il ne doit pas courir à l'intérieur, et il lui est formellement proscrit de jouer aux billes dans le hall (risque de chute pour les adultes, jamais pour les garçons). De même, interdiction de porter sa veste d'uniforme pour jouer au football, de lire des journaux illustrés ou de manger des bonbons avant le déjeuner. « *Mais il est tout de même permis de respirer sans autorisation spéciale* », précise Mortimer. Sévérité des collèges anglais, qui fait dire à Bennett : « *Les maîtres ont toutes les chances ! Jamais de soucis, jamais d'ennuis, et rien d'autre à faire le soir que de jouer à ce qui leur plaît !* ».

Puis l'on se rend au réfectoire pour y prendre le petit-déjeuner (porridge ou œufs au bacon). À l'extérieur se trouve une grande armoire où les élèves rangent les provisions envoyées par les familles afin d'améliorer l'ordinaire. Le réfectoire est la fierté de Mr Pemberton-Oakes. L'air y est maintenu à température égale par des panneaux chauffants, un volume d'air par élève variant de 3500 mètres cubes à 35 selon les calculs approximatifs du trop littéraire directeur. Les aliments consommés sont à l'origine d'un système de valeurs, une éthique propre à Linbury. L'épais gâteau de riz est « *Mastic* », prédicat désignant plus généralement tout ce qui est mauvais. À l'inverse, les œufs à la mayonnaise sont « *Tip-top* », comme peut l'être aussi une bonne partie de cricket.

Après quoi Mr Carter distribue le courrier. J. C. T. Bennett guettera une lettre de sa tante, Miss Angela Birkinshaw, qui lui envoie chaque mois un mandat de cinquante pence. Cette agréable jeune femme, redoutablement étourdie, a une écriture indéchiffrable qui donne lieu à de nombreux quiproquo.

Suit l'inspection des vêtements sous la férule de Mr Wilkinson. Constamment débraillé, les chaussettes en tire-bouchon, Bennett a les poches bourrées d'un invraisemblable bric-à-brac : capsules de bouteilles, deux petites autos, un tube de colle forte, des vieux tickets de bus et des timbres étrangers édentés, ainsi qu'un agenda rouge qui fait office de journal personnel et de carnet à bonnes résolutions. Remarquons la résolution n° 5, de loin la plus difficile à tenir : « *Je travaillerai avec acharnement et ponctualité* ».

Les élèves sont ensuite autorisés à se rendre dans une petite pièce au bout du couloir, située à côté de la salle 5. Là se trouvent leurs casiers personnels. Le cadenas de Bennett compte quatre disques chiffrés. Sa combinaison est 1.5.8.8, facilement mémorisable puisqu'elle correspond à la fois à la date du désastre de l'Invincible Armada et au numéro de téléphone du collège : Linbury 15.88. (accessible via le central du bureau de poste). Reste que Bennett l'oublie tout le temps. Ce qui lui fait dire, fataliste : « *Dans l'ancien temps, disons vers 1588, les gens n'avaient pas de numéro de téléphone ou de cadenas à combinaison pour retenir les dates* » – dans *Bennett et les grenouilles* (*Take Jennings for instance*). La salle des casiers renferme un assortiment d'objets disparates, comptant une batte de cricket cassée ou des pots de confiture vide. Un trou dans le mur est dissimulé par un calendrier offert par *Cooper & Fils, Maçonnerie de décoration*. Ce cadeau est la moindre des choses, car grâce aux dégâts provoqués par les élèves, l'entreprise ne chôme pas.

À neuf heures moins le quart les collégiens entrent en classe. Bennett et Mortimer appartiennent à la notoirement fameuse Troisième Division, de loin la plus remarquée. Parmi ses membres on compte Théodore Arthur « Tom » Morrison, garçon petit et trapu, qui s'est illustré en quittant le collège en douce pour se rendre en ville par l'autobus. Morrison est le littéraire du groupe. Tout autre est George J. Briggs, très grand pour son âge. L'air négligé, constamment à court de boutons, ses lacets traînent toujours. Il a un frère dans l'établissement. Bromwich l'aîné, cheveux bouclés et foncés, taciturne, aime à fabriquer un clapier pour lapin perfectionné ou à creuser un trou qui lui sert de cabane. Robert Atkins est quant à lui mince et frêle. Sa grand-mère fantasque lui envoie des gâteaux ou un cochon d'Inde. Comptons aussi D. W. Rumbelow, le pas très futé Martin-Jones, ainsi que Binns junior et Blotwell, les benjamins du collège. Les externes tiennent une place à part, comme Marshall et surtout Macarthur, gros garçon de douze ans assez désagréable, au visage constellé de taches de rousseur, qui vient chaque matin au collège à bicyclette.

La classe commence à neuf heures. Selon l'emploi du temps, il pourra s'agir d'un cours d'algèbre dispensé par Mr Wilkinson et qui finira en sermon « *Ouin-ouin* » pouvant durer trente-cinq minutes, ou de littérature anglaise assuré par Mr Carter, très apprécié des élèves car on y joue des scènes tirées de Shakespeare. Ce qui permet d'imiter Lady Macbeth dans les couloirs.

À dix heures sonne la récréation d'une demi-heure. Nécessité d'après-guerre qui veut faire oublier les privations, Miss Smith sert un bol de lait qu'accompagnent des biscuits ronds. Bennett les conserve dans un étui à longue vue.

Les cours reprennent, par exemple celui de géographie qui donne à Bennett l'occasion d'exprimer sa sensibilité artistique en dessinant dans son manuel. Ainsi peut-on découvrir sur la carte d'Australie, un batteur renvoyant une balle qui, au vu de sa trajectoire en pointillés, tombe quelque part en Tasmanie.

Déjeuner. Viande, choux (*Mastic*), pommes de terre, crème au pruneau (*Tip-top*).

L'étude de l'après-midi dure quarante-cinq minutes. Les élèves gagnent la bibliothèque située au premier étage. La pièce est décorée de trophées remportés par les élèves, d'un pivert empaillé sous une cloche en verre, cadeau du général sir Malcolm Melville, et depuis peu de la batte offerte par Bob Duncan, champion d'Angleterre. La batte appartient à Bennett mais les autographes de l'équipe nationale qui y figurent sont à Mortimer. Les garçons excentriques lisent accroupis sur une chaise, jambes croisées, livre ouvert posé sur le sol.

L'après-midi est consacrée aux retenues ou au sport. Pour ce qui concerne les championnats internes à Linbury (cricket, football, rugby et natation), les élèves sont répartis en deux équipes, Cromwell et Nelson. Cricket le mercredi, sous la surveillance de Mr Wilkinson. Bien que Bromwich soit un excellent batteur, les balles finissent souvent dans les châssis à concombres ou sur le toit du gymnase. Vendredi, relais de nage libre. Mais c'est surtout le football, arbitré par Mr Carter, qui retient l'attention des garçons. Washbrooke joue avant ; Bennett : demi centre ; Johnson : demi gauche ; Binns : ailier gauche ; Morrison : ailier droit ; Bromwich l'aîné : arrière droit. Patterson : gardien de but, remplacé une fois par Mortimer qui n'excelle dans aucun sport. L'équipe de Linbury, porte fréquemment ses couleurs grenat et blanc jusqu'au collège de Bretherton House et plus encore de Bracebridge, dirigé par Mr Parkinson. Bracebridge, ennemi héréditaire qui compte sur le terrible Renardeau, est toutefois réputé pour ses fameuses collations, notamment son pâté en croûte.

Certaines après-midi, les élèves sont autorisés à se rendre à Linbury. Situé à un kilomètre du collège, soit moins d'une douzaine de minutes à pieds, ce charmant petit village qui compte trois cent quatre-vingt dix huit habitants, s'éparpille le long de la route menant à Dunhambury. Il s'éparpille d'ailleurs tellement que personne ne sait exactement où Linbury commence et finit, y compris le facteur. L'endroit compte trois boutiques. Celle d'Henry Higgins, horloger-bijoutier-graveur, qui propose chaînes de montre ternies et pinces à sucre couvertes de chiures de mouches. Un écriteau posé sur la vitrine précise que le propriétaire peut graver un collier de chien dans les quarante-huit heures. Au bout de la Grande Rue, se trouve un cottage indiquant : *Charles Lumley. Boulangerie-pâtisserie / Réparation de cycles (spécialité : thé et réceptions)*. Tandis que Mr Lumley grogne et grommelle en réparant des pneumatiques dans l'appentis du jardin, Mrs Lumley, grosse femme d'allure négligée, traîne ses pantoufles éculées dans la salle de séjour en servant soda et pâtisseries. Excellente cuisinière, ses beignets crémeux sont recommandés. Enfin, l'épicerie-bazar-poste auxiliaire constitue la plaque tournante du commerce local. On y trouve des souricières, des boules antimites, beurre et salsifis, des seaux en fer galvanisé, des pots de peinture, des boîtes de petits pois. L'échoppe est tenue par Miss Ann Oliver qui, coiffée d'une perruque noire, le teint artificiellement bistré, officie également en tant qu'Anita Olivera, voyante extra lucide, lors de la kermesse de charité organisée annuellement par Miss Thorpe, vieille fille à la voix perçante, que suit invariablement le chien boxer Annibal. Les prédictions de Madame Olivera subjuguent Bennett et Mortimer tant elles sont remarquables de précision.

Toujours dans la rubrique Loisirs, le troisième week-end de mars offre une permission de détente aux internes qui rejoignent leur famille. Sinon, chaque dimanche, pour peu qu'ils y soient autorisés, les élèves peuvent se rendre en autobus à Dunhambury (Aller tarif réduit pour les collégiens : six pence). À six kilomètres de Linbury, après l'ancien camp romain et la maisonnette de brique rouge, qui abrite la police rurale (composée du seul sergent Herbert Stanley Honneyball, la cinquantaine, solidement bâti), au-delà des collines, la rivière s'élargit dans la vallée et commence à tracer de longs méandres avant de se jeter dans la mer. Le bus passe un pont et l'on parvient à la place du marché de la cité portuaire.

« *La petite ville de Dunhambury est un lieu riche en souvenirs historiques. Elle fut fondée par les Romains, assiégée par les Saxons, détruite par les Normands et reconstruite par les Tudor. À diverses époques, elle fut ravagée par le feu, l'inondation, la peste et les pucerons* », apprend-on dans *Bennett et la roue folle* (*Jennings' Diary*). Remparts du XVIe, marché couvert du XVIIe, hôtel de ville du XVIIIe et caserne de pompiers du XIXe animée par le caporal Archibald Cuppling et les pompiers Long et Short. Dominée par un château en ruines, Dunhambury est réputée pour son musée qui renferme une belle collection de vieux tromblons datant de la guerre civile (horaires consultables sur place. Entrée gratuite. Adrian Hoyle, conservateur). Le long de la Grande rue, qui passe devant la mairie, se trouve la boutique *Valenti's* – confiseur dont la spécialité sont les « *rochers de Brighton* » –, les locaux de *La Gazette de Dunhambury* dirigée par Robert Laxton, le restaurant *Hôtel de la Cloche* où les parents en visite amènent leur garçon déjeuner, et deux laveries automatiques qui se mènent une guerre ouverte. Une précision concernant le magasin d'Antiquités à l'incroyable bric-à-brac de portemanteaux boiteux et vases prétendument chinois : bien qu'une pancarte indique « *ici on parle français* », le propriétaire à barbe noire, cultivant une « *allure existentialiste* » avec son béret basque et ses espadrilles, est natif du lieu. En hiver, Dunhambury propose une foire avec manège et stand de tir *Texas Dean et ses carabines magiques.* La sortie hebdomadaire est supprimée durant le troisième trimestre, lorsque le temps s'avère trop chaud.

Le soir tombe, revenons au collège de Linbury. Le thé est servi d'ordinaire à 17h 45 – ou 18h 30 en cas de sortie. Puis, durant une demi-heure, voire une heure, les internes se distraient. Durant les beaux jours, le « Club de sciences naturelles » recueille des têtards, à l'aide d'une vieille chaussette de Bennett lui servant d'épuisette. Ils sont ensuite déposés dans un bocal à confiture. Mortimer est secrétaire du club ; Bennett est président et chef de la section des batraciens ; Briggs observateur en chef des oiseaux ; Morrison conservateur des chenilles et limaces ; Bromwich soigneur des escargots, limaces et tritons ; Atkins directeur des installations du mini zoo ; Martin-Jones contrôle sanitaire et dressage ; Rumbelow approvisionnement et bricolage. Le club est fier de posséder une dent de *Bestiodocus*, espèce pour l'instant indéterminée.

Durant la froide saison, les élèves se rendent dans la salle des loisirs et s'y adonnent à la construction de modèles réduits ou d'un téléphone constitué de deux boîtes de cacao reliées par une ficelle. Mentionnons aussi le labo photo puisque, depuis 1875, on photographie chaque année les élèves du collège. Le mercredi soir propose d'ailleurs une séance de cinéma éducatif, avec au programme *Promenade au Zoo*, très apprécié, *La culture du riz en Chine*, souvent projeté et, depuis que le directeur a fait l'acquisition d'une caméra de luxe Grosmann 16mm, *La fête sportive de Linbury.* Il se passe quantité de choses dans le labo photo, comme faire frire du poisson ou cacher un cochon d'Inde. Accessoirement, on y développe des clichés constitués de deux types : ceux avec les doigts obturant l'objectif et ceux avec les doigts ne l'obturant pas.

Linbury s'enorgueillit par ailleurs de son école littéraire. Ainsi de *La Gazette de la Troisième division* dont la rédaction est installée au sous-sol dont la porte affiche un panneau au paradoxal avertissement : Entrée interdite / Entrer sans frapper. Les textes de la gazette, retapés par Mr Carter, sont placardés au tableau d'affichage. Les élèves s'empressent d'y découvrir des nouvelles qu'ils connaissent déjà. Notons que Mortimer est le créateur de *Flixton Slick, super limier*. Détective émérite, Slick a pour Némésis un espion surnommé « L'Ombre Silencieuse » dont on n'ose pas prononcer à haute voix son vrai nom. Jasper Fforde s'en est peut-être souvenu pour son archi-méchant Achéron Hadès, qui persécute Thursday Next dans *L'Affaire Jane Eyre* (*The Eyre Affair*). Depuis son quartier général situé dans un entrepôt, L'Ombre Silencieuse s'en prend à sir James, ministre sans portefeuille. Bennett est quant à lui admirateur de Sherlock Holmes, au point d'en épouser la méthode dans *L'Agence Bennett & Cie* (*Jennings Follows a Clue*).

Cloche du coucher à 8h 30. Morrison, Bennett, Mortimer, Atkins, Bromwich l'aîné et Briggs occupent le dortoir n°4. Il est meublé de lits en fer, de chaises, d'une vaste armoire à vêtements divisée en compartiments, et d'une grande glace dans un coin sombre de la pièce. Près de la fenêtre à guillotine sont fixés trois lavabos : conformément à la tradition, les anciens passent en premier, et le sol est recouvert de linoléum à cause des inondations. Considéré comme le moins écervelé du groupe, Bromwich a un temps été chef de dortoir. Mais fort de ses responsabilités, Bromo a fait du zèle, dénonçant Atkins parce qu'il ronflait et menaçant de signaler le pauvre Morty parce qu'il parlait en dormant. Il a été remplacé par Bennett, guère plus convaincant. Si les élèves s'empressent de dormir, Mr Carter suspecte quelque chose. En effet, nombreuses sont les sorties nocturnes. Par exemple au grenier à la porte aux gonds rouillés, qui renferme bien des trésors : lanterne ancienne posée en équilibre sur une bibliothèque d'acajou ; livres poussiéreux ; photographies jaunies ; fanions de scouts : vieux accessoires de théâtre. Par une lucarne, on peut accéder au toit en plaques de zinc du gymnase, qui est couvert par des douzaines de balles de cricket ou de tennis, sans compter deux vieux ballons de football. Mais il y a aussi le sous-sol où, près de la chaudière, dort le hérisson La Ronflette dans *Bennett se met en boule* (*The Jennings report*). Carter et Wilkinson doivent aussi compter sur les sauteries nocturnes à base de sandwiches, œufs durs et cacahuètes, quitte à ce que, exceptionnellement, les professeurs y participent en apportant un carton rempli de tartelettes et de choux à la crème. C'est déjà arrivé.

Quand enfin les garçons consentent à se coucher, Mortimer suspend ses lunettes par une branche à la tête du lit. Bennett dissimule sous son oreiller un morceau de tuyau d'arrosage de soixante centimètres muni d'un entonnoir aux deux extrémités. Instrument tous usages, « *la plus formidable invention du XX*[e] *siècle* » selon son propriétaire, ce périscope et tube acoustique permet aussi de respirer sous les couvertures afin de lire avec une lampe de poche. Le sommeil finira par gagner les jeunes esprits. Bennett rêvera peut-être alors de la fin d'année scolaire.

Le jour venu, un vendredi, les garçons présenteront une mise impeccable. Parfaitement coiffés, visage et genoux lavés, ongles propres, ils assisteront à la remise des prix, précédée par le discours du général sir Malcolm Melville. Grand, droit, le teint rouge brique, cheveux et splendide moustache blancs comme neige, cet ancien élève, donateur du collège et fondateur de la coupe sportive Melville, fera un discours d'au moins vingt cinq minutes durant lequel il répètera mot pour mot ce qu'il a dit lors de ses précédentes visites. Le laïus commencera par : « *Mon premier devoir est de féliciter les bons élèves, honorés par leurs excellents résultats* ». Puis, se souvenant qu'en 1911 il a balancé une balle de cricket dans la vitre du bureau du directeur, ayant une pensée affectueuse pour ses anciens condisciples Pottinger (aujourd'hui en fauteuil roulant) et Morton, dit Face de Lune, le général Melville conclura en rappelant à Bennett et sa bande de copains que « *Les années de collège sont les plus belles de votre vie.* »

(Xavier Mauméjean)

The battle in Skinner's yard.

Illustration d'Edward Ardizzone pour The Otterbury Incident, *1949*.

Chapitre trois

Jeunesse des terrains vagues et de la rue

« *Le terrain !… Vous, enfants robustes de la campagne qui n'avez qu'un pas à faire pour vous trouver dans des champs infinis sous l'immense voûte bleue du ciel, vous dont les yeux sont habitués aux vastes étendues et qui n'êtes pas enfermés entre les murs gris des cités, vous ne pouvez vous douter de ce que signifie un terrain vague pour un enfant de la capitale. Pour lui, c'est la liberté, si même ce n'est en réalité qu'un bout de terre, délimité d'un côté par une clôture en bois, de l'autre par les hauts murs des maisons.* »
(François Molnar, *Les Gars de la rue Paul*)

Il y a en langue française une poésie certaine dans le terme de « terrain vague », tandis que la langue anglaise est plus radicale, qualifiant ces territoires en transition de *wastelands*, les territoires du gâchis ou de la perte. Il s'agit là de points de vue typiquement adultes, pour ne pas dire qu'ils relèvent d'une idéologie utilitaire. Terrains retournés par une bombe ou par la mise à bas d'une maison, décombres, orties, tas de terre et palissade en bois, toute une imaginerie nous vient immédiatement à l'esprit lorsque l'on évoque un terrain vague. Gâché, perdu ? Pas pour tout le monde, bien entendu : les gosses des rues, ou de manière plus générale les gamins d'un quartier, auront tôt fait de s'approprier cet espace qui pour eux signifie la liberté de s'ébattre. On n'élève plus guère de nos jours, en France, de ces murs de planches, préférant le grillage ou les parois en métal, et il n'est pas certain que les enfants aient encore le droit d'aller courir dans la terre meuble de ces parcelles entre deux exploitations immobilières. D'ailleurs, quels parents de nos jours laisseraient s'amuser leurs mômes sur la chaussée ? Ce fut pourtant très longtemps le cas, en des époques où l'école de la rue n'était pas forcément assimilée à une disgrâce sociale et le dehors à une source de dangers.

Bien entendu, cette mauvaise réputation peut aisément se comprendre, notamment lorsque l'on considère les premiers « jeunes détectives » qui se soient formés à l'école de la rue et dans les terrains vagues. Nous pensons à ces enfants pauvres que Sherlock Holmes surnommait ses « Baker Street Irregulars », les Irréguliers de Baker Street. Facétieusement présentés par le grand détective comme « la section de police secrète de Baker Street », il s'agissait en fait d'une bande de pauvres gamins des rues, commandée en général par le jeune Wiggins.

Ces enfants astucieux et débrouillards assistèrent de nombreuses fois le grand détective dans ses activités, car en matière de collecte d'informations « *il y a davantage à obtenir d'un de ces petits mendiants que d'une douzaine de détectives.* […] *La seule vue d'une personne à l'air officiel coud les lèvres des gens. Ces mômes vont partout, ils entendent tout. Et puis ils sont finauds.* » (Propos tenus par Holmes au chapitre VI d'*Une Étude en rouge*). Ainsi que l'écrivit le professeur Joseph Bell, en préface à la quatrième édition anglaise d'*Une Étude en rouge* (1893) : « *Nous pourrons peut-être porter au crédit de ce siècle exsangue et fatigué qu'il ait permis* [...] *que même les petites gens n'ayant connu que l'école de la rue commencent à s'éveiller.* »

C'est lors de l'affaire de Lauriston Gardens (in *Une Étude en rouge*) que John H. Watson fera pour la première fois allusion au rôle d'informateurs des Irregulars, mais on peut supposer que le bon docteur, qui préférait éluder les aspects les plus routiniers du travail de détection au profit des éléments dramatiques utiles à sa narration, négligea souvent de les citer. De même, le docteur ne songera à signaler aux lecteurs l'existence d'un autre jeune aide de Holmes qu'en avril 1882, soit alors qu'il réside au 221B depuis déjà plus d'un an. Watson nous dit en passant qu'un « groom », le jeune Billy, réside sur place et se charge des menues courses. En représentant typique de la bonne bourgeoisie, le docteur ne se soucie nullement d'évoquer la domesticité qui œuvre au quotidien dans son logis : il fera rarement allusion à Billy (trois fois), et même leur patiente logeuse, Mrs Hudson, ne fait-elle que de très rares et fort discrètes incursions dans la narration watsonienne. La présence du groom Billy est pourtant très intéressante car, s'il n'est jamais donné comme enquêteur, il est tout de même décrit comme « *jeune mais très avisé et plein de tact* » et se trouve forcément au fait des méthodes du grand détective. On notera de plus que Billy eut l'insigne avantage d'être interprété, pour sa première apparition sur scène, par Charlie Chaplin ! Pour revenir aux Irregulars eux-mêmes, l'existence de cette petite troupe excita en tout cas l'imagination de nombreux continuateurs holmésiens, qui les utilisèrent dans divers rôles. Ainsi Lloyd Biggle Jr. consacra-t-il deux de ses derniers romans aux réminiscences d'Edward Porter Jones, un ancien Baker Street Irregular qui serait devenu un « apprenti de Sherlock Holmes ». On découvre aussi dans ces textes le jeune Radbert, plus généralement surnommé Rabby, un Irregular à l'âme d'entrepreneur (*The Quallsford Inheritance*, 1986, et *The Glendower Conspiracy*, 1990). Au nombre de ces enfants se trouvait peut-être aussi le futur Charlie Chaplin lui-même, selon une séduisante hypothèse avancée par l'auteur espagnol Rafael Marín, dans *Elemental, querido Chaplin* (2005). Pour sa part, Béatrice Nicodème, déjà autrice en 1993 de *Défi à Sherlock Holmes*, reprit le personnage de Wiggins dans une longue série de romans policiers pour la jeunesse : *Un rival pour Sherlock Holmes*, *Wiggins et Sherlock contre Napoléon*, *Wiggins et le perroquet muet*, etc. Un téléfilm de la BBC, *Sherlock Holmes and the Baker Street Irregulars*, met en scène un Holmes vieillissant assisté par une nouvelle équipe d'Irregulars – parmi lesquels deux filles ! Enfin, la bande dessinée s'est récemment emparée de l'imagerie mythique des Baker Street Irregulars, à la fois dans *Holmes* de Cecil et Brunschwig (2008 ; où l'on imagine qu'avant d'aller affronter Moriarty au chutes de Reichenbach, Holmes avait pris l'ancien Irregular Simeon Wiggins sous son aile, afin d'en faire son successeur) et dans *Les Quatre de Baker Street* (2009, Djian, Etien et Legrand). On signalera également que, dans son entreprise d'imitation d'Holmes dans chacun de ses aspects, le détective privé Solar Pons utilisait pour sa part une troupe de « Praed Street Irregulars ».

Courant dans tout l'East End et connaissant tout des secrets de la vie semi-criminelle de la moitié déshéritée de Londres, la bande de Wiggins a non seulement secondé Sherlock Holmes dans ses enquêtes mais également marqué les esprits, inscrivant dans l'imaginaire la possibilité qu'un groupe de gamins puisse faire office de détectives et mène des enquêtes policières. Parmi les héritiers des Irréguliers de Baker Street naquit donc, par exemple, un certain Emil Tischblein. L'écrivain allemand Erich Kästner, engagé à gauche et associé au cercle de Brecht, fut un jour piqué au vif par une remarque du garçon de café Nietenführ, avec qui il s'entretenait parfois de son travail : « *Parce qu'on ne devrait écrire que sur les choses qu'on connaît et qu'on a vues* », affirma le serveur. Justement Kätsner commençait un roman sur les mers du Sud, où il n'était jamais allé. Un peu agacé, l'auteur songea soudain à un certain écolier qu'il avait croisé. Envoyé à Berlin passer les vacances chez des parents, le jeune Emil, dix ans, fils d'une veuve peu fortunée, avait été la victime d'un voleur – mais, plutôt que de faire appel à la police, il se lança lui-même à la poursuite du criminel et, s'étant fait dans les rues de Berlin de nombreux amis qui l'aidèrent dans son enquête, parvint en définitive à faire arrêter le coupable, un cambrioleur recherché par la police. Le succès international de l'amusant roman d'Erich Kästner, *Emil und die Detektive* (*Émile et les détectives*), publié en 1929, se trouve certainement à l'origine de la formidable vogue des récits de « jeunes détectives », devenu le sous-genre que l'on sait de la littérature pour la jeunesse et du roman policier. On retrouva de nouveau Emil en 1934, dans *Émile et les trois jumeaux*.

Descendants plus directs encore des Irréguliers, de par leur nationalité, dans l'après-guerre deux petites bandes connurent une brève notoriété. En 1947, un studio de cinéma, celui d'Ealing, qui devait devenir fameux pour la qualité de ses comédies, eut l'idée de tourner un documentaire sur la vie des gamins de l'East End ravagé par les bombardements allemands. Avec le recul, *À cor et à cri* (*Hue and Cry*, Charles Crighton) se regarde maintenant comme un document historique des plus fascinants. On y voit des gamins des rues, avec à leur tête Joe Kirby, tenter de mettre fin aux agissements d'un escroc qui réussit à pirater les bandes dessinées d'un journal, dans le but crapuleux de transmettre des messages codés à une bande de gangsters. Passant par les rues en ruine de l'East End et par ses nombreux terrains vagues, leur enquête aboutira lors d'un grand affrontement sur les quais de la Tamise.

Un autre document de la même époque nous montre également comment les enfants firent usage des sites bombardés pour leurs jeux et leurs rituels sociaux. Malheureusement non traduit en français, *The Otterbury Incident* (1949) est signé du poète lauréat C. Day Lewis. Un grand poète signant un roman policier pour la jeunesse ? C'est que sous un autre nom de plume, Nicholas Blake, Day Lewis s'était déjà fait le fidèle biographe de l'un des détectives privés les plus attachants de l'entre-deux-guerres, Nigel Strangeways. En s'intéressant à une bande de gamins du petit village d'Otterbury, l'auteur poursuivait simplement son étude socio-historique. Les choses débutent de manière innocente, avec une embuscade mise en scène par les enfants dans Abbey Lane, puis avec un incident impliquant une vitre brisée à l'école. Rien que de très ordinaire, nous direz-vous, dans ce spectacle des jeux des gamins dans le terrain vague créé par un bombardement. La grâce littéraire de l'auteur dépeint tout cela de façon légère et subtile, mais ce n'est pas tout : quelques mystères sont découverts et, bientôt, les gamins de la bande du terrain vague d'Abbey Lane se font jeunes détectives.

En 1949, scoutisme et littérature jeunesse ont trouvé à s'incarner mains dans la main, entre les pages des « Signe de Piste ». L'un des auteurs vedette de la collection, Jean-Louis Foncine, narre et transfigure ses souvenirs de Grands Jeux à travers la série des « Chroniques du pays perdu », symbole pour lui de tous les territoires que peut s'approprier l'enfance. Champs, forêts, maisons abandonnées, mais aussi terrains vagues, sont de ces espaces qui peuvent former le tissu du « pays perdu », et sans doute l'un des plus étranges et grandioses des terrains vagues nous est-il présenté dans *La Forêt qui n'en finit jamais* : « *Six grosses colonnes, surmontées d'un fronton carré, entouraient un proche béant. En regardant mieux, on apercevait, dans l'ombre du péristyle ainsi formé, de bizarres rocailles au centre desquelles des lions, gueules ouvertes, devaient jadis cracher l'eau saline. Le porche était d'ailleurs le seul élément d'apparence grecque de toute 'laffaire et, en avançant, nous vîmes uune succession de bâtiments rectangulaires dans lesquels s'ouvraient de grandes fenêtres du plus pur style Louis XIV. Cela tenait de la forteresse à la Vauban et des barrières de Paris, mais un air d'abandon conférait à l'ensemble une vraie noblesse.* » Il s'agit de la saline royale d'Arc-et-Senans, chef-d'œuvre de Claude-Nicolas Ledoux alors abandonné. Si aujourd'hui les lieux sont restaurés et muséifiés, à l'époque l'herbe folle y pousse et cet impressionnant ensemble architectural sert d'amphithéâtre à une fête et à une bataille mémorables. Le lecteur contemporain peu familier de l'univers scout sera tout de même un peu étonné de la rigidité et de la hiérarchisation toute para-militaire des groupes croisés, véritable embrigadement de la jeunesse d'alors, comme de la fougue exprimée par l'auteur pour ces jeux d'enfants, curieusement teintés d'un mystère à la *Grand Meaulne*.

Flash-back : en 1906 déjà, un auteur talentueux dépeignait les exploits et les luttes d'une bande enfantine aux tentations para-militaires, celle-ci en Hongrie. Traduit en 1937, *Les Gars de la rue Paul* de François Molnar s'impose comme l'intemporel portrait de jeunes destins, dans un terrain vague et un parc de Budapest. « *Le terrain lui-même était vide, ainsi qu'il convient à un terrain vague. La clôture donnait sur la rue Paul et, à droite et à gauche, il était encadré par deux immeubles. Derrière – oui, c'est derrière, que se trouvait ce qui faisait tout l'intérêt du terrain – derrière, commençait un autre terrain, loué par une scierie et couvert d'immenses piles de bois à brûler séparées par d'étroites ruelles obscures, un véritable labyrinthe où l'on s'égarait facilement.* » Fabuleux terrain de jeu, devenu pour un petit groupe de collégiens l'équivalent d'une nation bien à eux, une forteresse, un territoire qu'ils vont défendre contre les visées mauvaises de la bande rivale, les Chemises Rouges du Jardin des Plantes. Inconnue des adultes, une guerre acharnée va être livrée, dont la victime poignante et presque messianique sera un enfant blond et frêle, Ernö Nemecsek. Pauvre petit héros, prémonitoire des sacrifices de la véritable guerre suivante, la Grande Guerre qui devait déchirer l'Europe à partir de 1914 et faucher sa jeunesse.

Une autre icône de la thématique de l'école de la rue et des terrains vagues est bien entendu le jeune Perry Winkle, mieux connu en France sous le surnom de Bicot. Adaptés en bande dessinée par Martin Branner, les exploits de la bande des Rinkydinks firent fort impression jusqu'en Belgique, où parmi leurs lecteurs, se trouvaient les dessinateurs André Franquin[1] et Jean Roba. C'est pourquoi, lorsqu'en 1957 Jo-El Azara et Marcel Denis cherchaient un sujet, ils s'inspirèrent d'une bande de gamins connue de Franquin, la Ribambelle, et essayèrent de la traiter un peu à la manière de Bicot. Cet essai ne dura que le temps d'une histoire[2], mais Roba y revint plus durablement à partir de 1962. Le hasard fit que la

1. Qui une fois seulement avait mis en scène la hardiesse des gamins des rues, dans la courte histoire « Spirou sur le ring ». Tout jeune, le groom bruxellois Spirou s'y trouvait mis au défi par un petit dur, surnommé Poildur. Publiée entre 1946 et 1949, cette histoire révélait trop au goût de l'éditeur, Dupuis, les origines populaire de Spirou, André Franquin n'eut donc pas l'autorisation de jamais le montrer en gamin des rues qu'il était pourtant (histoire recueillie in *Quatre aventures de Spirou*, 1950).
2. « Opération ciseaux », in *Spirou* du 27 mars 1958.

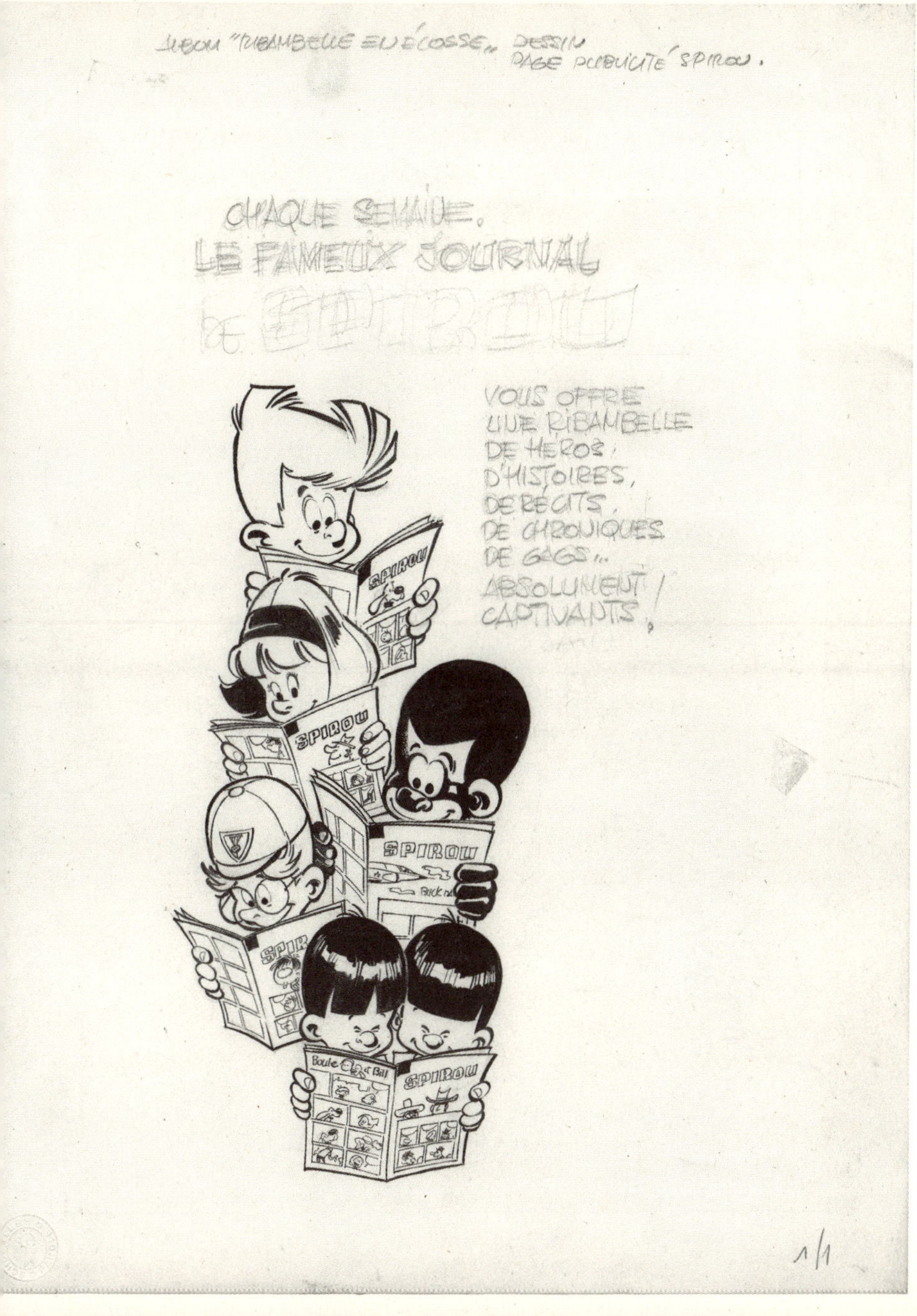

ALBUM "RIBAMBELLE EN ÉCOSSE" DESSIN
PAGE PUBLICITÉ SPIROU.
CHAQUE SEMAINE,
LE FAMEUX JOURNAL
DE SPIROU
VOUS OFFRE
UNE RIBAMBELLE
DE HÉROS,
D'HISTOIRES,
DE RÉCITS,
DE CHRONIQUES
DE GAGS...
ABSOLUMENT
CAPTIVANTS!
SPIROU
SPIROU
SPIROU
Boule et Bill
SPIROU
1/1

Page précédente, illustration de Jean Roba pour La Ribambelle en Écosse, *1962.*

même année 1957, l'écrivain français Georges Chaulet, qui devait devenir bien connu comme biographe de la mystérieuse Fantômette, allait s'amuser des aventures vécues par une autre petite bande, les 4 As. Chaulet consacra une série de six romans aux 4 As entre 1957 et 1962, puis la transposa en bande dessinée en compagnie du dessinateur François Craenhals, (qui avait déjà croqué les jeunes As pour les illustrations des romans) à partir de 1964.

À la même époque, très exactement entre 1963 et 1968, le studio du grand bédéaste Michel Greg suivra les exploits d'une autre bande de jeunes, les As, des gamins de Ménilmontant menés par Quentin Gentil. « *Vous connaissez bien entendu la rue Sévère-Badin… Mais si ! C'est celle qui monte un peu, sur votre gauche, là où se touve le garage Hautecœur… Vous y êtes ? Bon. Eh bien, nous sommes donc rue Sévère-Badin…* » débute leur première aventure (« Le jeu des cinq as »). L'on y fait connaissance de Pivoine Agénor, livreur de patisserie en triporteur, et du génial Calixte Hautecœur, as de la bricole et de la chimie. On découvrira ensuite Quentin Gentil, le petit brun énergique qui dirige ce club informel, puis André et Suzanne Luron (surnommés Copain et Mouche), des jumeaux, et bien sûr le chien Dragon. Nombre d'aventures suivront.

De leur côté, les 4 As se sont respectivement la rousse et écervelée Dina, le meneur Marco dit « Lastic », l'intellectuel Théo dit « Doc » ou « Doct », le goinfre Jean-Louis dit « Bouffi » et un petit chien, Oscar. Quatre gamins bien de leur époque, en particulier Lastic avec sa brune allure de héros, bondissant et décidé tel un Gérard Philippe ou un Michel Vaillant. Ils n'utilisaient pas au début un terrain vague, mais ils s'y installèrent, trouvant là l'espace propice à leur fantaisie, tout comme leurs contemporains, les enfants de la Ribambelle. Mais ces derniers bénéficièrent d'une chance inouïe, qu'ont peu de gamins de leur âge : acquérir leur terrain ! Alors qu'un promoteur menaçait d'y élever un nouvel immeuble, les jeunes gens se liguèrent pour racheter leur beau terrain vague… et y parvinrent ![3]

La Ribambelle, c'est un jeune aristocrate écossais, Archibald Mac Dingelling dit « Archie » ; un jeune noir dont le papa est trompettiste de jazz, Dizzy ; deux très jeunes mais néanmoins redoutables frères siamois d'origine asiatique, Atchi et Atcha ; le blond Phil et la rousse Grenadine. Un vieil autobus à plateforme, vert, leur sert de repaire, au fond de ce terrain si chèrement acquis qui s'étend entre les rues Barbe, Éverlor et du canal. Et si Archie est un aristocrate, rejeton orphelin d'une riche famille écossaise, figurez-vous que le terrain lui, aussi a des origines aristocratiques. Il s'agissait en effet à l'époque de la Révolution de la propriété du comte du Ras du Maray[4]. Ce qui amènera le petit groupe à mener quelques autres enquêtes sous les yeux à la fois admiratifs et sévères d'un digne natif d'Édimbourg, James, le fidèle valet d'Archie. Six adolescents et un adulte, dont le sens du risque et de la fantaisie les conduira jusqu'aux lointaines îles des Galopingos[5].

Aventure lointaine, qui est hélas la dernière que leur biographe porta sur le papier, occupé qu'il était désormais à rapporter des destins plus quotidiens. Mais curieusement, au moment même où la Ribambelle s'effaçait, un autre groupe d'enfants, également dans un terrain vague, ce dernier tout aussi truffé de pièges que celui d'Archie, et abritant lui aussi un vieux bus, devinrent brièvement célèbres de l'autre côté de la Manche. Il est fort douteux que les petits Anglais aient eu vent de la renommée de la Ribambelle, les

3. *La Ribambelle gagne du terrain*, Roba, 1964.

4. *La Ribambelle contre-attaque*, Roba, Jidéhem et Tillieux, 1975.

5. *La Ribambelle aux Galopingos*, Roba et Vicq, 1968.

bandes dessinées belges étant inconnues en Angleterre. On supposera plutôt que ces phénomènes de gentils groupes adolescents et d'esprit d'aventure appartenaient à leur temps, des années 1960-70 encore innocentes.

C'est donc à Londres où nous l'avions commencé que nous finirons ce périple dans l'univers des jeunes détectives de la rue et des terrains vagues. Encore une bande de garçons et de filles, quelque part en banlieue du côté d'Elstree, dans l'Hertfordshire, qui s'était installée dans une zone de hangars, avec comme quartier général un autobus à impériale. Leurs jeux et leurs enquêtes attirèrent l'attention des médias et firent l'objet de deux séries télévisées : la première, *The Magnificent Six and Half* (1968-69) n'a pas fait l'objet de traduction française. La seconde, *Here Comes the Double Decker* (1970-71), a en revanche connu un succès international et fut diffusée sur la première chaîne de l'O.R.T.F. sous le titre de *L'Autobus à impériale*. C'est de cette époque que date l'équipe la mieux connue de ces adolescents, composée par Captain (Scooper), Youpla (Spring), Belle (Billie), Prof (Brains), Glouton (Doughnut), l'Américain Solo (Sticks) et la petite Tigrette (Tiger). D'un tour en aéroglisseur à une prétendue invasion d'extraterrestres, en passant par le sauvetage de leur terrain chéri que l'on menaçait de transformer en parking, il y a dans les péripéties souriantes de ces jeunesses de la fin des *Sixties* plus de comédie que d'enquêtes à proprement parler, et elles forment avec les As, les 4 As et la Ribambelle le lumineux témoignage d'une certaine vision de la pré-adolescence.

Nous conclurons ce petit portrait des jeunes *street detectives* par l'évocation d'une autre bande des *sixties* encore célèbre de nos jours : les Six compagnons de la Croix-Rousse.

Tidou Aubanel est né à Reillanette, près d'Avignon, mais se voit obligé par ses parents de quitter son soleil natal pour les brumes d'une ville inconnue : Lyon. Installés dans un trois pièces au cinquième étage de la rue de la Petite Lune, dans le quartier de la Croix-Rousse, les Aubanel envoient Tidou au collège, où il intègre la Troisième B, aux côtés d'un gaillard nommé Corget, qui dirige la Bande du Gros Caillou (du nom de la grande pierre trônant à l'extrémité Rhône du boulevard de la Croix-Rousse). Tidou va faire connaissance de son nouvel environnement, les hauts immeubles qui accueillaient autrefois les métiers à tisser des Canuts, sur les pentes de la Croix-Rousse descendant vers le centre-ville de Lyon. Surtout, il va devenir ami avec les membres de la Bande du Gros Caillou et, après le déménagement de Corget pour Toulouse, devenir même le chef de ce groupe d'enfants, alors rebaptisé les Compagnons de la Croix-Rousse. Louis Gerland alias Gnafron ; Mady Charvet-Tavernier ; le Tondu, dont on ne connaît que les initiales : J. B., et qui est chauve suite à une maladie ; Bistèque, qui doit son surnom au fait d'être le fils d'un boucher ; et Robert dit La Guille, du nom de son ancien quartier, La Guillotière... Ils forment les six compagnons – avec le berger allemand Kafi, un chien policier au flair infaillible qui appartient à Tidou.

Depuis la « Rampe des pirates » et leur « caverne » (un ancien atelier de canut fermé avec un cadenas, dont chaque compagnon a la clef), les six gamins de la Croix-Rousse vont vivre de nombreuses aventures, le plus souvent de nature plus ou moins policière. Un de leurs voisins, l'écrivain Paul-Jacques Bonzon (1908-1978), consacrera leur hardiesse dans une quarantaine de romans à la « Bibliothèque verte », entre 1961 et 1984 – des récits vifs et variés, où se lit clairement la tendresse de l'auteur pour cette jeunesse prolétaire, si éloignée de la haute bourgeoisie d'un François alias Sans-Atout ou d'un Michel alias Chat-Tigre[6].

6. Ces deux jeunes détectives sont des contemporains, mais tous deux

Les terrains vagues tendent à disparaître de notre environnement urbain, cloisonné, sur-protégé. Rares sont donc devenus les jeunes détectives y trouvant à s'y réunir, mais l'on citera tout de même encore le Club des Ruines, où le fils adoptif du commissaire Lomron, Hondo, tient ses séances avec ses deux copains, l'aspirant journaliste Édito et le distrait Jo, dans le XIXe arrondissement : « *Le club se réunissait à l'intérieur des ruines de l'entrepôt incendié. Un terrain vague en plein milieu de la ville. Le temps avait passé, un tilleul avait même poussé sur une butte de terre, pourtant on sentait encore l'odeur de cendre mouillée.*[7] »

(André-François Ruaud)

parisiens et rejetons de très bonnes familles, respectivement fils d'un avocat d'assises et neveu d'un juge.

7. *Hondo mène l'enquête*, Daniel Picouly, 2002.

Illustration de Eileen Soper.

CHAPITRE QUATRE

LE CLUB DES CINQ

Même aux yeux des enfants, les personnes adultes ne sont pas toujours des modèles de sagesse et de dignité. Bien qu'entrant dans sa quarantaine durant les années 1930, Enid Blyton, prolifique et déjà célèbre écrivain pour la jeunesse, en savait quelque chose, elle qui ne cessait de se glisser dans la peau des enfants, de les conseiller dans les pages de la revue *Teacher's World* et de les rencontrer pour des lectures publiques. Enid Blyton avait finalement tendance à se considérer elle-même comme une enfant, et la sottise adulte s'incarnait pour elle en la personne de son mari, le major Hugh Alexander Pollock. Buvant trop et s'enfonçant par conséquent dans la maladie, le pauvre homme ne constituait pas un modèle idéal d'adulte, en tout cas pas aux yeux de son épouse qui ne le respectait pas et se chargea bien de le tromper avec d'autres hommes. Des histoires d'adultes irresponsables, en somme.

En 1935, Enid Blyton donnait naissance à sa deuxième fille, Imogen, tandis que son mariage périclitait. Ce n'est sans doute pas un hasard si, ayant fait la connaissance à cette époque d'un groupe de quatre enfants, l'écrivain s'attacha à eux – des enfants particulièrement intéressants, tandis que l'un de leurs parents, le professeur Quentin Kirrin, s'avérait être un individu hautain et désagréable, prompt à prendre systématiquement toutes les pires décisions possibles. Le contraste ne pouvait que plaire à une écrivain convaincue de la supériorité intrinsèque des enfants sur les adultes imparfaits et agaçants. Vingt ans plus tard, Blyton devait faire l'objet de nombreuses critiques et être fréquemment exclue des bibliothèques, au prétexte que ses livres étaient médiocres, répétitifs et pauvrement rédigés. Un critique ira jusqu'à prétendre alors que son vocabulaire était si limitée qu'elle le « *vidait de toute difficulté jusqu'à atteindre une sorte d'anémie esthétique* ». Fidèle à ses principes, qui consistaient à ne jamais faire confiance à quelqu'un de plus d'une douzaine d'années, Enid Blyton devait continuer à affirmer qu'elle donnait à son public uniquement ce que celui-ci voulait, si les enfants ne pouvaient plus emprunter ses livres en bibliothèque, ils les achèteraient eux-mêmes de leur propre argent de poche. Une prophétie qui ne tarda pas à se réaliser, ses ventes grimpèrent phénoménalement dans les années 1950.

Mais nous n'en sommes pas encore là : il est possible de dater les deux premières aventures relatées par Enid Blyton au cours de l'année 1936. Comment l'écrivain rencontra-t-elle les enfants Kirrin ? Nous ne possédons aucun témoignage sur cet événement, mais l'on peut spéculer que ce fut lors d'une des rencontres publiques qu'effectuait souvent Enid Blyton avec ses jeunes lecteurs. Enid Blyton habitait à Bourne End, dans le Buckinghamshire, en bord de la Tamise, et peut-être le principal trio Kirrin vivait-il dans la région ? Ou bien est-ce lors d'une visite dans le Dorset, du côté de Kirrin Bay, qu'Enid Blyton fit connaissance avec ceux qu'elle devait finalement rendre célèbres sous le nom du Club des Cinq ?

Qu'importe ! Il est temps de présenter ces enfants hors du commun. Lorsque l'on fait leur découverte, au début des vacances d'été 1936, l'aîné, Julian, est âgé de 12 ans. Son frère Dick a 11 ans et leur sœur Anne en a 10. Envoyés par leurs parents faire un séjour estival dans le petit village côtier où leur patronyme trouve ses racines, Kirrin, le trio font la connaissance de leur cousine Georgina. Ce garçon manqué ne supporte pas son prénom et insiste pour qu'on l'appelle George.

Julian, Dick, Anne et George : vous avez bien compté, cela ne fait que quatre. Le cinquième n'est pas un humain, il s'agit d'un chien des rues, Timothy, adoré de George. Comme de bien entendu, l'intolérant oncle Quentin ne veut absolument pas entendre parler d'un chien chez lui, ce qui fait que le pauvre Tim trouve généralement refuge ailleurs, sur le port, aux bons soins du fils d'un pêcheur, le petit Alf. Évidemment, c'est lorsqu'elle se trouve en compagnie de son chien que George se sent détendue, vraiment épanouie, jamais le petit groupe ne pourra être réellement complet sans Tim : avec lui, les enfants deviennent cinq, le Club des Cinq. Ou plutôt, en anglais : les Famous Five.

Notez bien que les enfants Kirrin n'étaient pas les premiers à devenir célèbres sous un tel surnom : les Famous Five étaient depuis déjà très longtemps de fameux élèves de la Greyfriars School. Pour les lecteurs français, le nom de cette école est sans doute inconnu. Pour tout jeune Britannique du XXe siècle, en revanche, Greyfriars School demeure synonyme d'aventures et de péripéties scolaires. Publiées de 1908 à 1940 dans les pages de la revue pour la jeunesse *The Magnet*, poursuivies jusqu'en 1961 sous forme de romans, puis encore en feuilletons radio et en bandes dessinées jusqu'en 1976, les aventures des élèves de Greyfriars School constituent certainement la plus immense entreprise de divertissement pour la jeunesse jamais conçue. Une longévité remarquable suscitée par les quelques années d'école d'un garçon obèse, Billy Bunter, et de tous ses contemporains – dont cinq garçons surnommés les Famous Five (les « célèbres cinq »). Voilà pour le contexte, mais encore une fois, qu'importe ? Après Enid Blyton, les Famous Five, ce seront désormais les enfants Kirrin.

Enid Blyton ne fut pas la première écrivain à s'inspirer des aventures vécues par tel ou tel groupe d'enfants afin d'en faire la matière d'une série de romans. « *Pour des raisons qui ne sont pas tout à fait claires, il y a eu un grand flot de fictions en séries après 1920. Comme de longues caravanes de fiction, elles firent leur chemin à travers le paysage littéraire de la période. C'était la grande ère des séries ; tout jeune lecteur lisant de la fiction à cette époque se trouvait certainement être un lecteur de séries*[1] ». Ce qui est nettement plus clair, c'est la raison pour laquelle se développa, au sein de la littérature jeunesse, une veine que les critiques anglophones qualifient aujourd'hui de « camping and tramping », c'est-à-dire les récits d'aventures en camping, en caravane ou de manière plus générale dans la nature. Ce type d'activités se développait, les enfants de la *middle-class* avaient désormais accès au plein air, à la plage et au scoutisme, les vacances scolaires s'imposaient comme de larges périodes durant lesquelles il fallait occuper les charmantes têtes blondes. Des mouvements de jeunesse canalisent les énergies, vivre un peu sous une tente ou dans un chariot devient une excitante expérience pour de nombreux enfants.

Au sein de la fiction en série, des auteurs se spécialisent dans les récits de ce type de vacances : méconnus en France hélas, car rarement édités de notre côté de la Manche. Des écrivains tels qu'Arthur Ransome (avec la série des *Swallows and Amazons* – « Hirondelles et Amazones » – à partir de

1. Victor Watson, *Reading Series Fiction*, 2000. (notre traduction)

1930[2]) ou M. E. Atkinson (avec les aventures des enfants Lockett, débutée en 1936[3]), exerceront une influence considérable et fort longue. Au même moment, s'est également développé au sein de la littérature « pour les grands » tout un courant de romans en série, dans la veine policière. Ceux que l'on va surnommer les « tecs », les détectives, vont se mettre à dominer les rayonnages des librairies et des bibliothèques : les Hercule Poirot, les Lord Peter, les Albert Campion et tout une armée d'enquêteurs aujourd'hui plus ou moins obscurs. Chaque écrivain prend soin de s'attacher à la carrière de l'un de ces fameux limiers, le génie d'Enid Blyton en ce qui concerne les enfants Kirrin, c'est d'avoir su, parmi les premières, lier dans ses romans ces deux puissants courants : la fiction enfantine d'aventures en vacances, et la fiction policière. Tandis que de l'autre côté de l'Atlantique, d'autres jeunes détectives vont devenir célèbres, comme Nancy Drew et les frères Hardy, dans l'archipel britannique l'on va tout savoir au courant des années 1940 – puis au-delà – des quelques enquêtes menées par Julian, George et les autres.

Car, notez bien les dates, c'est là une autre inspiration géniale d'Enid Blyton : si les deux premières aventures du Club des Cinq peuvent être datées respectivement de l'été et de Noël 1936, puis la suivante de l'été 1937, la quatrième des vacances de Pâques 1938, la cinquième de l'été 1938 et enfin, la sixième de Pâques 1939… l'écrivain ne les rédigea pas immédiatement dans la foulée : son premier roman, *Five on a Treasure Island*, ne

---

2. Les sept premiers volumes de la série *Swallows and Amazons* d'Arthur Ransome ont été traduits et publiés entre 1945 et 1951 chez G. T. Rageot dans la collection « Heures joyeuses » : *Hirondelles et Amazones, Le Vallon des hirondelles, Le Trésor de Peter Duck, Hirondelles dans la neige, Le Club des foulques, Pigeons voyageurs et chercheurs d'or, Nous ne voulions pas aller en mer.*

3. *Camp de vacances* de Mary E. Atkinson a été publié chez Desclée de Brouwer en 1953.

sortira qu'en 1942. Alors que la guerre a été déclarée fin 1939 et qu'elle n'a peut-être plus de nouvelles des quatre enfants et de leur chien, enfants devenus d'ailleurs trop vieux pour encore l'intéresser (Julian Kirrin est âgé de 15 ans au moment de la déclaration de la guerre), Enid Blyton va rédiger ce qu'elle sait de leurs aventures, délivrant ainsi en pleine période de craintes et de privations de belles histoires déjà presque intemporelles, confortablement situées dans cet âge d'or enfui des années d'entre-deux-guerres. À peine publié, le premier roman contant les aventures du Club des Cinq sur la petite île de Kirrin a déjà une sorte de « patine », en tout cas un aspect infiniment rassurant. Et cette intemporalité se maintiendra jusqu'à nos jours, grandement aidée par les multiples retouches stylistiques et contextuelles que les éditeurs effectueront au fil des ans – dans une démarche d'accessibilité et de commercialité maximale qu'Enid Blyton aurait certainement approuvée.

« *Ceci est l'histoire de comment les Famous Five se formèrent et de leur première aventure ensemble. Et quelle aventure ce fut, impliquant une pile, un château en ruine, une ancienne épave et une course au trésor désespérée ! L'aplomb et la ressource de ces enfants sauva la fortune de la famille et rendit possible de nombreuses autres expéditions excitantes pour les Cinq.* »

Ainsi s'ouvre le texte de *Five on a Treasure Island* (*Le Club des Cinq et le trésor de l'île*), le premier roman consacré à notre fameux quintette. Les parents d'Anne, Dick et Julian Kirrin, dont l'auteur ne nous donnera jamais les prénoms, n'en esquissant jamais que des ombres lointaines, ont décidé d'envoyer leurs enfants sur la côte pour les vacances d'été. Le frère de leur père, oncle Quentin, n'a rien d'un personnage très agréable. Ils ne l'ont vu qu'une fois mais il leur a laissé l'impression d'un homme aussi grand que renfrogné, qui leur inspire un peu de crainte. Le trio ne se réjouit guère de devoir lui imposer leur présence, mais les adultes ont décidé, ainsi en sera-t-il donc : ayant rencontré sa belle-sœur en ville l'autre jour, leur père a appris que les finances de Quentin ne sont pas fameuses, il aurait bien besoin de locataires pour aider son budget domestique. Les trois enfants vont donc séjourner de manière payante chez leur oncle, et également tenir compagnie à leur cousine Georgina, qui a le même âge que Dick. Le mardi suivant, tous en voiture et destination Kirrin Bay donc, où dans le village de Kirrin, oncle Quentin et tante Fanny vivent à Kirrin Cottage.

De premier abord, l'accueil des trois enfants s'avère plus froid encore : comme prévu, oncle Quentin, scientifique harassé et irritable, n'est guère enchanté de les voir ; quant à la cousine Georgina, elle n'est même pas là. Tante Fanny apprend cependant à ses neveux interloqués que sa fille, curieusement, ne veut surtout pas entendre son prénom : rêvant d'être un garçon, elle se fait appeler George.

On a souvent critiqué l'œuvre d'Enid Blyton pour le rôle féminin d'Anne, stéréotype misogyne de la petite fille… mais c'est oublier un peu vite que cette histoire se déroulait en 1936, tout de même. C'est surtout mettre de côté le caractère assez original de George, une fillette si peu satisfaite du rôle traditionnellement dévolu aux filles qu'elle va jusqu'à rejeter son pesant prénom féminin. À la relecture, les textes originaux des premiers romans de la série ne frappent pas par un côté excessivement réactionnaire. On a également dénoncé la platitude des personnages et des situations – en la confondant, en réalité, avec l'absence complète de style littéraire. Et de fait, si ce premier roman est terriblement mal écrit, les choses s'améliorent légèrement avec les suivants.

« *Alors qu'elle était et qu'elle est toujours immensément populaire auprès des enfants, et quoiqu'elle ait probablement créé plus de lecteurs habitués que tout autre écrivain dans l'histoire, elle est méprisée de manière routinière et rejetée par de nombreux commentateurs professionnels, qu'ils soient enseignants ou bibliothécaires. Sans le moindre doute, elle a des défauts majeurs. Son vocabulaire est en général (mais pas toujours) très limité, ses structures de phrase généralement (mais pas toujours) très simples,* [...] *Bien entendu ses intrigues sont souvent des clichés et fort prévisibles. Bien entendu ses valeurs sociales, sexuelles et raciales reflètent souvent sans recul critique les préjugés strandards de la vie britannique de son temps. Mais il existe un côté positif, qui est constamment occulté par la plupart des commentaires. Sa prose est claire et précise, son sens de la séquence narrative est immensément adroite et attirante, sa malice et sa justesse psychologiques sont bien plus grandes qu'on ne le dit en général* [...][4]»

Et ainsi, au sein de cette prose d'une si phénoménale platitude, une figure émerge : celle du savant, l'oncle Quentin. D'emblée, le portrait qu'il en est fait est sans aménité, celle d'un imbécile vaniteux, incapable de conduire ses affaires et sempiternellement berné, ruiné, exploité ; un portrait finalement d'un terrible réalisme, on a sans doute tous rencontré ce genre d'idiot cultivé mais suffisant et mal avisé, tyrannique qui plus est. Chaque rencontre avec ce personnage désagréable démontrera sa principale aptitude : son infinie capacité à se tromper. Chaque fois qu'il doit faire un choix, oncle Quentin fait le mauvais. Et le Club des Cinq de passer après lui, pour débrouiller les ennuis et dénoncer les malhonnêtes. Sans, bien entendu, qu'oncle Quentin n'en éprouve jamais la moindre reconnaissance – aveugle

4. Peter Hunt, *Children's Literature, an Illustrated History*, 1995. (notre traduction)

aux autres, le pauvre homme ne semble pas même se rendre compte de ce qu'il doit à ces enfants.

Cette première aventure se déroulera essentiellement sur la petite île dont George revendique la propriété : Kirrin Island, avec en son sommet la ruine de Kirrin Castle, et dans l'eau, splendide, l'épave d'un vieux navire. Une île que l'oncle Quentin entend vendre, embarrassé comme il est dans les difficultés financières. Le crève-cœur est de taille pour George, qui perdrait ainsi son royaume personnel… Mais pourquoi quelqu'un achèterait-il ce bout de rocher, d'ailleurs ? Pour son trésor, bien sûr : en vendant l'île, oncle Quentin s'apprête à perdre une fortune en laquelle il ne croit pas du tout… et que le Club des Cinq va dénicher, bien entendu !

En dépit de la pauvreté de la prose, il y a dans ce récit des ambiances captivantes, des situations touchantes, une véritable atmosphère et des éléments qui devinrent de puissants stéréotypes. Pas si mal pour un petit bouquin pour la jeunesse : Enid Blyton transforma l'aventure des quatre enfants (et de leur chien !) en un best-seller qui séduit toujours.

Devenus les meilleurs amis du monde, les quatre enfants ne se séparèrent plus : rompant sa solitude, George accepta d'aller dans le même pensionnat que sa cousine, à l'école pour filles de Gaylands School. C'est là que débute le deuxième roman, *Five Go Adventuring Again* (paru en 1943 ; *Le Club des Cinq et le passage secret*), avec la réception par Anne de très mauvaises nouvelles : à la maison, sa mère est malade, d'une « scarlet fever » (la scarlatine) qui interdit que les enfants reviennent pour Noël. Ils devront tous se rendre à Kirrin Cottage mais, Julian et Dick ayant eu de gros rhumes deux fois dans le trimestre, ils sont en retard dans leurs études, leurs parents ont donc engagé un tuteur qui leur donnera des cours durant les vacances de Noël. Il y a anguille sous roche, bien entendu.

Cette fois c'est le mystère de panneaux secrets qui va mener les Cinq dans une nouvelle enquête…

Une année passe, nous voilà à l'été 1937. George est rentrée seule chez ses parents depuis trois semaines. Elle prend la charrette tirée par un poney et la conduit jusqu'à la gare, pour aller chercher ses cousins. Les enfants ont grandi : « *En fait, ils s'étaient tous développés. C'est qu'ils avaient un an de plus que lorsqu'ils avaient eu leur grande aventure dans l'île de Kirrin. Même Anne, la plus jeune des quatre, avait perdu son air de petite fille.* » Toutes les conditions semblent réunies pour un bel été, mais ce serait compter sans les adultes. Oncle Quentin a engagé une horrible cuisinière, Mrs Stick, avec son fils, le non moins horrible Edgar. Tante Fanny, malade depuis un moment, doit partir à l'hôpital et son mari l'accompagne, confiant les enfants à la garde des affreux. Tout va si mal que les Cinq décident de s'enfuir ! Et quelle meilleure destination que leur île ? Partant camper en attendant le retour des adultes, les enfants vont découvrir bien des secrets – des souterrains, des contrebandiers, une petite fille… Telle est la matière, toujours aussi excitante, de *Five Run Away Together* (*Le Club des Cinq contre-attaque*), paru en 1944, à l'ambiance plus prenante encore que celle de leur première aventure sur l'île.

C'est cependant avec *Five Go to Smuggler's Top* (1945 ; *Le Club des Cinq en vacances*[5]), le quatrième roman d'Enid Blyton adapté de leurs aventures, que les enquêtes du Club des Cinq vont trouver une sorte de sommet, dans tous les sens du terme. Une nouvelle fois, une décision douteuse de l'oncle Quentin provoque une catastrophe : au début des vacances de Pâques 1938, un vieil arbre s'abat sur le cottage !

5. Il est remarquable à quel point les titres français en rajoutent dans la plattitude.

Ravagée, le toit fendu comme un œuf, la maison des Kirrin n'est plus habitable, et tout le clan doit déménager. Fort heureusement, un collègue de l'oncle Quentin, le professeur Lenoir, leur propose de venir chez lui. Un plan de Quentin Kirrin qui, pour une fois, rencontre l'enthousiasme de ses neveux : le fils de l'autre savant, Pierre « Sooty » Lenoir, est un camarade de classe de Dick. Et puis, dans quel endroit étrange habitent les Lenoir… Mais il y a un problème, souligné par tante Fanny, le chien est interdit de séjour chez les Lenoir. « *Mais alors, George ne va pas y aller ! C'est absurde, Quentin, George ne va jamais nulle part sans Timmy.* »

Las, l'interdit va tenir. Du moins en apparence : George est une forte tête, pas question pour elle d'abandonner son brave chien, elle va donc faire en sorte de l'amener en contrebande… Contrebande, justement, c'est un mot qui apparaît dans le nom de leur destination : la maison des Lenoir s'appelle Smuggler's Top, le « sommet des contrebandiers ». Castaway Hill, la petite ville où elle se situe, n'a en effet rien d'ordinaire : accrochée à un éperon rocheux, elle émerge d'une région de marais qui fut longtemps propice aux trafics. De la pierre grise et des brumes émane une atmosphère étrange, un peu inquiétante. Lenoir et oncle Quentin travaillent d'ailleurs à mettre au point un procédé qui permettrait de drainer les marécages pour les rendre sains et habitables… un projet qui ne plaît pas à tout le monde ! Dans les ruelles étroites de Castaway Hill et plus encore, dans les boyaux secrets de ses souterrains, un complot se trame, que les enfants sauront bien entendu éventer.

Enid Blyton avait prévu à l'origine de n'écrire que six romans sur les aventures du Club des Cinq, huit tout au plus. Il faut dire que la matière allait lui manquer : à l'été 1938, les enfants auront vécu une petite aventure, beaucoup moins trépidante que les précédentes, impliquant du camping et un cirque (*Five Go Off In A Caravan*, paru en 1946 ; *Le Club des Cinq et les saltimbanques*[6]). Puis aux vacances de Pâques suivantes, en 1939, le petit groupe va encore se retrouver confronté aux projets catastrophiques de l'oncle Quentin : cette fois, le cher homme a décidé de reprendre l'île à sa fille, pour y bâtir une tour afin de poursuivre de mystérieuses recherches. S'agissait-il de travaux en rapport avec la guerre qui, en dépit de ce qu'affirmait le premier ministre Chamberlain, approchait à grand bruit de bottes ? En tout cas, bien entendu, l'oncle ne tarde pas à rencontrer de très gros problèmes… (*Five On Kirrin Island Again*, octobre 1947 ; *Le Club des Cinq joue et gagne*)

Nous sommes en avril 1939 et sur le continent européen, la guerre a déjà commencé à faire rage, avec un conflit qui ensanglante la région hongroise. Au même moment, en Espagne, les dernières forces républicaines se rendent et le général Franco triomphe. Bientôt, se sera toute l'Europe qui tremblera, et le 3 septembre, l'état de guerre est officiellement déclaré par le Royaume Uni.

Pour les enfants anglais, c'en est fini de l'âge d'or et des vacances. Certainement Quentin Kirrin trouva-t-il à être employé comme chercheur par le gouvernement. Sans doute son frère partit-il combattre. Julian avait maintenant 15 ans, Dick et George en avaient 14, Anne était âgée de 13 ans, et leur complète innocence prenait fin avec une époque. De son côté, Enid Blyton, qui n'aimait pas les enfants de plus de 12 ans, n'entretint pas forcément leur relation. Sa situation changea aussi : divorçant de Hugh, elle épousa un autre homme, le chirurgien londonien Kenneth Darrell Waters. Le couple s'installa à Beaconsfield, dans une grande

6. Titre français ultérieurement transformé en *Le Club des Cinq et le cirque de l'étoile*, peut-être jugé plus politiquement correct.

maison nommée Green Hedges. Enid Blyton continua à produire roman sur roman, et en particulier les six volumes des Famous Five qui sortent entre 1942 et fin 1947.

Le succès s'avèra en effet tel que l'auteur continua la série – en quittant le champ de la réalité. Désormais, le Club des Cinq pouvait réellement devenir intemporel, puisque les enfants ne grandiraient plus. Une fois par an ou presque, Enid Blyton écrira une histoire de ses jeunes héros, jusqu'en 1963, vingt-et-un volumes en tout. Qu'importe que Julian, sans doute né en 1924, atteigne en fait la quarantaine lorsque sort le dernier roman : il y a bien longtemps qu'Enid Blyton invente tout.

Et que sont-ils devenus, dans la vraie vie, ces quatre jeunes gens ? Nous n'avons eu qu'un bref mais très précieux aperçu de leur futur, lorsqu'en 2008 les ayants-droits d'Enid Blyton firent publier un beau livre intitulé *The Famous Five Survival Guide* (en français *La Grande Énigme du Club des Cinq*). Sous ses dehors de guide de style scout, ce livre recelait un roman inédit… écrit en août 1959 par le quatuor, revenant alors sur une énigme précédente ! Plus de Timmy, mort de vieillesse bien sûr, trentenaires, les Cinq n'étaient plus que quatre pour revenir sur leur passé.

Nous pourrions mettre là un terme à cette évocation de ces jeunes existences tellement emplies d'énergie et de mystères. Mais nos lecteurs, curieusement, ne connaissaient pas le Club des Cinq sous l'identité de George, Anne, Dick et Julian Kirrin plus Timmy le chien.

Eh non, pour nous les Français, il s'agissait d'enfants bien de chez nous : François, Michel et Annie Gauthier, leur cousine Claude (Claudine) Dorsel et son chien Dagobert. Sans parler de l'île de Kernach (en Bretagne), de la villa des Mouettes, de la tante Cécile et de l'oncle Henri…

Une stupéfiante métamorphose opérée pour la version française des Famous Five / Club des Cinq traduite chez Hachette, et qui fit l'un des grands succès de la « Bibliothèque rose ». Il ne s'agit pas d'une pratique inhabituelle : de la même manière, Nancy Drew devenait Alice en « Bibliothèque verte » – encore qu'elle n'allait tout de même pas jusqu'à changer de nationalité.

Et lorsque nous disons « succès », ce n'est rien de le dire : peu à peu oubliés en Angleterre sous leur véritable identité des Famous Five, les enfants devenus Club des Cinq chez nous surent jouir d'une telle popularité que les vingt-et-un romans d'Enid Blyton n'y suffisaient plus. Hachette fit donc appel à la plume d'une romancière française, Claude Voilier, pour livrer vingt-quatre nouveaux romans, entre 1971 et 1985. Avec une nouvelle métamorphose supplémentaire : pour cette adaptation très ancrée dans son temps, le nouveau club se rebaptisa plus simplement « les Cinq ».

Alors qu'Enid Blyton s'est éteinte en 1968, alors que Julian Kirrin approcherait aujourd'hui des 90 ans s'il est encore de ce monde, ces petits romans policiers pour la jeunesse ne cessent de se vendre, régulièrement réécrits, modernisés, et pourtant intemporels.

(André-François Ruaud)

Illustration d'Arthur Ransome, pour Swallows & Amazons, *1931.*

THE ENEMY'S BOATHOUSE

Les Amis de Spirou

Illustration promotionnelle de David Evrard pour Les Amis de Spirou,*2023.*

Chapitre cinq

Les Amis de Spirou

La réalité dépasse parfois la fiction.

Ils étaient cent, puis mille, dix mille… Ils furent jusqu'à 60 000 Amis de Spirou, des lecteurs réunis autour de leur seul amour pour le *Journal de Spirou*, clamant haut et fort leur adhésion aux valeurs morales brandies en étendard par la rédaction. Et parmi eux, il y a Armand, un jeune garçon de douze ans à la création du journal.

Loin des héros de ces récits d'aventures imaginaires qui combattent des bandits et autres malfaiteurs à la petite semaine, c'est contre les troupes allemandes installées en Belgique et autres fascistes qu'Armand et ses camarades se dresseront, au péril de leur vie.

Les Amis de Spirou, un récit à hauteur d'enfant, où la réalité dépasse la fiction.

Ainsi naissent les Amis de Spirou

En avril 1938, Armand et ses amis découvrent, plutôt ébahis, une nouvelle revue dans les kiosques. Son nom même, le Journal de Spirou, est sans équivoque : ce journal est le leur. Gentils, turbulents, facétieux ou généreux, ils se sentent l'âme de spirou, comme les appellent affectueusement leurs parents. Le contenu même de la revue, composée de quelques bandes dessinées et de récits d'aventures et autres rubriques, les attire particulièrement car, pour la première fois en Wallonie, la ligne éditoriale se veut empreinte d'une identité locale.

À la tête de *Spirou*, il y a Jean Doisy qui, sous son vrai nom, Georges Evrard, mène simultanément des activités politiques au sein de nombreuses organisations communistes antifascistes engagées dans la défense des républicains espagnols dès 1936, puis la lutte contre le nazisme.

Intimement convaincu qu'il est plus que nécessaire de faire appel à l'intelligence des enfants lorsqu'on s'adresse à eux, dès ses premiers éditos qu'il signe Le Fureteur, il parvient à créer une relation forte avec les lecteurs, qui se prennent aussitôt d'engouement pour leur nouveau journal et cet ami qui, tel un grand frère, leur trace une voie à suivre.

Le résultat ne se fait pas attendre : trois mois après le lancement de la revue, le plébiscite des lecteurs en faveur de la création d'un groupement qui les unirait sous une même bannière aboutit à la création du club des Amis de Spirou.

Qu'ils s'appellent Armand, Georges, Huguette, Pierre, Marcel, Micheline, Paul ou Renée, tous acceptent de grand cœur de se plier aux règles du jeu dictées par leur nouvel ami Le Fureteur. Pour eux, il a d'ailleurs imaginé un décorum foisonnant, ludique et éducatif.

En premier lieu, les membres du club doivent choisir un surnom. Nul ne sait plus lequel le jeune Armand a imaginé. A-t-il opté, comme certains, pour des traits de son caractère, tels Cognedur, Robert-le-Diable ou Tête Chaude ; ou bien, comme d'autres, a-t-il préféré être en référence à ses passions, tels Caricaturiste Tranquille, Le Loup Philatéliste ou Pilote Invincible ? Certains de ses camarades ont même confondu le club des Amis de Spirou avec le mouvement scout en choisissant un totem comme Limace Galopante, Gazelle souriante ou Serpent à Lunettes ; quelques-un(e)s ont même osé des surnoms poétiques, comme Perle de Lune ou Étoile Filante. Quant à Illisible de Quiévrain, on devine qu'il s'agit-là d'un lecteur malhabile dans l'écriture, à qui la secrétaire en charge des inscriptions a joué un tour malicieux… Mais, plusieurs décennies avant que le phénomène ne se popularise dans les rangs des lecteurs de mangas, ces sobriquets laissent rapidement place aux noms des héros du journal. Et l'on mesure le succès de tel ou tel personnage à l'aune du nombre de lecteurs qui adoptent son nom. Ainsi Valhardi, « l'AdS numéro 1 » comme le qualifie Le Fureteur, , est choisi en très grand nombre, ou même Fantasio ou Cavalier Rouge.

Chacun reçoit un insigne en métal représentant le « S » de Spirou entrelacé avec le visage du personnage. Comme ils sont fiers, ces *ketjes*, de le porter accroché à leur chandail. Ce signe distinctif est comme une médaille qui marque leur appartenance à un groupe, sinon une élite : pour intégrer le mouvement, il ne suffit pas de remplir le bulletin d'inscription, encore faut-il avoir une conduite exemplaire. La mention inscrite sur la carte de membre qu'ils reçoivent est d'ailleurs sans appel : le détenteur est apte à « porter l'insigne du club aussi longtemps qu'il respectera le code d'honneur ». À ce sujet, Le Fureteur ne manque jamais de préciser que nul besoin pour lui de sanctionner ceux qui manqueraient à leur parole, comptant sur leur honnêteté pour qu'ils le fassent d'eux-mêmes…

Leur engagement moral est d'ailleurs clairement exprimé dans les quelques lignes que compte le code d'honneur.

Ce « testament philosophique » est sans conteste la pièce maîtresse de ce club, celle qui attestera que ses membres sont dignes de leur journal favori et, surtout, de la confiance du Fureteur. En s'inspirant du code des scouts pour écrire les neuf préceptes qui le composent, Georges Evrard a placé la barre très haut et attend de ses jeunes recrues une conduite modèle en tous points. Cet idéaliste communiste rêve d'un monde meilleur, où le courage, la loyauté et la solidarité entre les Hommes feraient loi. Le salut de l'Humanité est entre les mains de cette jeunesse à qui il s'adresse chaque semaine, exigeant d'eux le meilleur tout en encourageant leurs efforts louables, d'un ton à la fois affectueux, taquin et sincère. Une main de fer dans un gant de velours. Les parents, de leurs côtés, s'appuient sur les règles fort opportunes du code d'honneur pour inculquer des notions morales à leur progéniture. Certains Amis de Spirou se souviennent avec humour avoir dû recopier vingt fois certains préceptes auxquels ils auraient manqué…

Parmi les membres du club, certains sont particulièrement réceptifs à ce discours. Semaine après semaine, ils relèvent avec plus ou moins de bonheur le défi lancé par Le Fureteur et tentent, à leur mesure, de changer le monde. C'est le cas d'Armand. C'est un grand gaillard, très grand même, solide et puissant. C'est sûr, il a tout du héros auxquels les enfants aiment s'identifier dans les livres d'aventures qu'ils dévorent : pétulant, courageux, généreux, protecteur, stimulant, élève brillant… À défaut d'être comme lui, quel gamin n'aimerait pas être son ami ? Chéri par ses parents, adulé par ses frères et sœurs, il est aimé de tous. Pour sûr, ce n'est pas à lui que s'adressent les rappels à l'ordre récurrents dans les éditos du Fureteur sur la bonne conduite à tenir.

Comme Armand, donc, les plus assidus sont, telle une armée en culottes courtes, prêt à s'enflammer à l'annonce d'une injustice, qu'elle soit morale ou sociale. « *Un ami de Spirou est l'ami de tous, mais surtout des faibles…* », annonce le code d'honneur. Ils sont fiers du devoir accompli après s'être précipité auprès d'un camarade alité, avoir apporté un soutien amical à d'autres dans le besoin. Armand, lui, a pris sous son aile un jeune garçon timide, de trois ans son cadet, arrivé récemment dans son village. Il initie ce jeune citadin aux lois en vigueur dans leur école, lui apprend le wallon, et gare à celui qui toucherait à son protégé… Il n'y a pas de meilleur ami – de Spirou ? – qu'Armand !

Des groupes locaux s'organisent, générant des rencontres, des tournois sportifs en amateur, et même des revues fortement inspirées par le rédactionnel du *Journal de Spirou*, le grand modèle des lecteurs. En 1941, en pleine Belgique occupée, l'un d'eux a d'ailleurs l'audace de solliciter Georges Evrard pour participer à son journal. Celui-ci s'en amuse et, entre deux réunions de la Ligue contre le racisme et le fascisme dont il est secrétaire général et ses activités au sein de l'état-major du Front de l'Indépendance (la grande organisation résistante qui rassemble divers partis de gauche en Belgique), il se prête de bonne grâce à l'exercice. L'homme accorde la plus haute estime à son rôle d'éducateur, conscient que la disparition du fascisme est indissociable des valeurs qui seront diffusées auprès de la jeunesse. Plus les persécutions se multiplient, plus il affermit son discours dans le journal, et plus les Amis de Spirou répondent à ses appels… « *Un ami de Spirou est fidèle à Dieu et à son pays…* »

Sensibilisés aux valeurs humanistes, c'est en toute logique que certains prolongent les applications du code d'honneur face à l'Occupant. Mis en place en temps de paix, le club des Amis de Spirou prend dès lors une dimension politique insoupçonnée et entraîne bon nombre d'entre eux à intégrer des organisations résistantes.

Parmi eux, il y a bien évidemment Armand. Il a quatorze ans en 1940 lorsque l'armée allemande envahit la Belgique. Si plus personne ne sait aujourd'hui quel surnom il a choisi lors de son inscription ni quel personnage du journal avait ses préférences, on sait en revanche qu'il a été jusqu'au bout un AdS digne de son engagement aux valeurs du code d'honneur. Un engagement qu'il voulait prolonger après-guerre en incorporant l'armée. Mais pas à n'importe quel grade : il voulait être général ! C'est dire sa ferveur. En attendant, encore adolescent, il sert son pays au sein de « l'armée blanche », une branche de la Résistance belge. Il est courrier pour diverses organisations et membre d'un groupe de sabotage qui a réussi un coup d'éclat. « *Un ami de Spirou n'a pas peur de se salir les mains, mais veut se garder propre dans ses idées, ses pensées et ses actes...* »

Et puis, la Libération venue, c'est la débâcle ! Les Allemands, vaincus, prennent le large à travers les sous-bois espérant rejoindre l'Allemagne. Notre Ami de Spirou décide avec un camarade de partir aux trousses de deux fuyards repérés tout près du village. Ils veulent les capturer, qu'ils payent pour les crimes commis. Alors qu'ils les ont débusqués, l'ami propose d'aller chercher du renfort, mais Armand, valeureux, sûr de lui, l'en dissuade. Du haut de ses dix-huit ans, ce n'est pas la première fois qu'il capture des Boches, quand bien même ils seraient armés... D'ailleurs, lui aussi a une arme : un Lebel qui date de la guerre de 14-18. Pointant son fusil, il les menace : « Hauts les mains ! » L'un des deux soldats allemands se retourne, mitraille dans leur direction... S'il avait été de taille moyenne, sûr qu'Armand ne serait pas mort ce jour-là, mais, du haut de ses 2m 02, une balle à la trajectoire plus haute que les autres l'atteint à la tête.

Voici le destin d'Armand, et, à travers lui, celui de tous ces autres Amis de Spirou qui sont allés jusqu'au bout de leurs convictions. « *Quand on fera le compte de tous les martyrs de la libération, on sera étonné du nombre de moins de vingt ans qui ont donné leur vie dans cette fulgurante épopée* », écrira Georges Evrard en décembre 1944 dans un long et douloureux hommage aux Amis de Spirou qui ont pris les armes.

Le club des Amis de Spirou est né de l'envie d'un groupe de lecteurs fervents. Ils étaient heureux de chanter à tue-tête « En avant, AdS en avant », l'hymne que Georges Evrard avait spécialement écrit pour eux, fiers de porter l'insigne, soucieux de respecter les préceptes du code d'honneur, et fous de joie lorsque le facteur déposait dans leur boîte aux lettres une carte postale à l'effigie de Spirou pour leur anniversaire. Les Amis de Spirou était à l'origine « un club pour rire », qui prit pour certains une tournure tragique.

Loin des récits d'aventures que vivaient les héros du *Journal de Spirou*, la réalité a dépassé la fiction… De très loin. Souvenons-nous d'Armand. Armand Delizée était son nom.

(Christelle Pissavy-Yvernault)

Turned to see Charles Martin's face looking down on them . . .

Illustration de Lunt Riberts pour Redshank's Warning, *1948.*

Chapitre six

Les Jillies

Lorsque l'on considère la production pour la jeunesse des écrivains anglais des années 1940-50, il est extrêmement aisé de se laisser aveugler par la seule Enid Blyton. Si torrentiellement prolifique et si massivement populaire, Enid Blyton eut un effet incalculable sur ce que l'on pouvait proposer aux enfants. « *Comme cela dut être profondément décourageant pour les autres écrivains pour la jeunesse de cette époque ! Ils devaient se demander comment faire pour parvenir à tenir le rythme face à sa phénoménale vitesse de production. Mais il y a une autre considération, plus importante : son œuvre* [...] *commença à définir pour le grand public ce que devaient être des livres pour la jeunesse, et comment ils étaient perçus.*[1] » Face au bulldozer Blyton, comment les autres écrivains et éditeurs pouvaient-ils faire ? Une alternative de qualité fut développée par la nouvelle collection Puffin, sous la direction d'Eleanore Graham et Kaye Webb – une littérature jeunesse dont les

1. Victor Watson, « Malcom Saville, the price paid », in *Reading Series Fiction*, 2000. (notre traduction)

préoccupations pourraient être comparées, par exemple, à ce qui se fit plus tard en France chez l'École des Loisirs. Mais qu'en est-il resté ? L'essayiste Victor Watson cite une étude de 1961, *Intent upon Reading* de Margery Fisher, et constate que presque rien de ce qu'elle cite n'a survécu – c'est devenu « l'histoire d'une littérature perdue ». Et Watson de citer d'excellents auteurs qui ne sont plus jamais réédités : Kitty Barne, John Verney, Rumer Godden, Elinor Lyon... Et que dire de Malcom Saville, alors ?

Cet auteur fut une exception : dans un paysage complètement dominé par Enid Blyton, cet homme de presse parvint à imposer sa propre manière de faire, d'une qualité littéraire largement supérieure à celle de sa rivale, et à lui faire une véritable concurrence en termes commerciaux. Alors bien sûr, sa stratégie narrative – ancrer ses histoires dans la réalité de son temps et mettre l'accent sur le pouvoir des descriptions et une évocation très réaliste de la vie de ses jeunes héros – finit par être sa perte : consciemment datés, pouvant être considérés comme « désuets », ses romans ne sont presque plus lus de nos jours, seulement réédités par un petit éditeur (Girls Gone By) spécialisé dans les rivaux oubliés de Blyton...

Quant aux traductions françaises de Saville, dire qu'elles furent rares serait un bel euphémisme : deux romans uniquement, l'un en 1962 chez Gautier-Languereau, *Deux tresses blondes* (*Two Fair Plates*), et l'autre en 1972 chez Hachette, *Bill Marston et les disparus de Majorque.* C'est bien peu, mais par chance le premier traduit s'avère être l'un des plus beaux Saville et relever de la série que nous souhaitons aborder, celle consacrée aux Jillies.

Publié en Angleterre en 1948, ce roman est le deuxième de la chronique des aventures vécues par les enfants Jillies, ces jeunes détectives qui furent un temps parmi les grands concurrents du Club des Cinq. La biographie de leurs enquêtes sera retracée par Saville en six volumes. *Deux tresses blondes* (*Two Fair Plates*) débute trois jours avant Noël 1947, alors qu'un épais brouillard jaunâtre étouffe Londres. Une fillette de 11 ans a été enlevée, Belinda Ferguson : elle devait faire en train le trajet entre Birmingham et Londres, pour aller passer les fêtes chez sa riche grand-mère qu'elle ne connaît pas. Une demande de rançon est envoyée la vieille dame, Mrs Hawkins, qui vit dans le quartier de Chelsea… et le destin intervient, sous la forme de la purée de pois qui recouvre la capitale. Le gamin de l'East End chargé d'apporter le funeste message, George dit « Sandy », manque de se faire renverser par une voiture. De jeunes voisines de la vieille dame, Mandy et Prue, viennent au secours du garçon et le conduisent au n°49, chez Mrs Hawkins, puisqu'il porte un message destiné à elle seule. Le choc est terrible, la vieille dame blanchie en lisant le message : une rançon ! On a enlevé sa petite Linda ! Ni une ni deux, Mandy et Prue décident de rechercher la petite disparue.

Il faut dire qu'une fois déjà, les deux filles ont eu l'occasion de mener une sorte d'enquête, elles n'hésitent donc pas. Que faire de mieux pendant les vacances que de rendre service, n'est-ce pas ? « *Nous laisserez-vous vous aider à retrouver votre Belinda ? Je suis certaine que nous le pouvons. Les Jillies sont très bons pour aider les autres. Nous l'avons déjà fait et nous serions ravis de recommencer.* »

Les Jillies ? C'est le surnom que se donnent une petite famille pas ordinaire : il y a Amanda dite « Mandy », une fille de 16 ans, sa sœur Prudence (« Prue »), qui a 13 ans, et leur frère Timothy (« Tim »), qui vient à peine d'avoir 11 ans et est un peu un bébé. Les trois enfants Jillions vivent avec leur artiste-peintre de père, Robert, dans un appartement, au premier et deuxième étage d'une vieille demeure au coin de l'Embankment de Chelsea. Leur mère est morte pendant la guerre (on ne nous précisera jamais comment : maladie ? bombardement ?), leur père vivote entre une agence de publicité et ses quelques tableaux, les Jillions n'ont qu'une seule richesse : un tableau de tournesols par Van Gogh. En ces années de privations d'après-guerre, la fantaisie de leur vie de bohème n'est guère orthodoxe mais il est heureux, ce petit clan : « *Leurs amis privilégiés surnomment cette famille à la va-comme-je-te-pousse mais délicieuse les « Jillies ». Mr Jillions est connu par ses enfants comme étant « J.D. », les initiales de Jilly Darling.* ». Après la disparition de Mrs Jillions, en 1944, c'est Mandy en particulier qui a tenu la maison, tout en trouvant malgré tout le temps de passer le certificat d'études, de faire de la natation et de jouer au hockey pour la grande High School où elle se rend chaque jour avec Prue. Décidée, résolument moderne, Mandy est une meneuse : la disparition de sa mère l'y a obligé, faisant peser sur ses épaules la tenue de toute la maisonnée. J.D., le père, est un homme de haute taille qui marche en boitant légèrement – un autre héritage de la guerre. Il ne s'est jamais réellement remis de la mort de son épouse et souffre d'une santé fragile. « *Il porte une petite barbe qui, comme le prétendent ses enfants, équilibre un petit peu la tonsure qu'il a au sommet du crâne.* » La deuxième fille du clan Jillies, Prue, est plus silencieuse que Mandy et l'exubérance de cette dernière lui a toujours fait un peu d'ombre. Presque aussi grande que Mandy, elle n'en a pas la minceur et les deux sœurs ne se ressemblent guère. Prue ressemble à sa mère, aussi bien physiquement que par son tempérament. « *Elle porte ses cheveux en deux tresses blondes dont elle est extrêmement fière, alors qu'elle sait très bien qu'il n'est vraiment pas à la mode et plutôt inhabituel de se coiffer ainsi. Elle ne le fait pas pour se faire remarquer mais simplement parce qu'elle aime être elle-même, et plus Mandy lui dit comme se présenter et quoi porter, et plus elle se fait tranquillement têtue.* » Le garçon, Tim, est pour sa part en internat et il ne revient que pour les vacances. Il a les mêmes yeux gris que sa sœur aînée, le même sourire aisé et la même facilité à se faire des amis. Son gros défaut est sa gloutonnerie.

On ne saurait imaginer famille plus soudée – ni plus excentrique pour l'époque : un beau matin de printemps où il fait grand soleil, J.D. est bien capable de soudain jeter sa serviette par terre en annonçant : « *Allez, tout le monde prêt dans une demi-heure. Nous allons à Kew admirer les magnolias. Je vais téléphoner au studio pour leur dire que je ne viens pas aujourd'hui.* » Ou alors par un humide après-midi d'hiver, J.D. revient à la maison dès trois heures et s'installe au salon pour écouter un ballet sur le gramophone. Il y a le tableau de Van Gogh sur le mur du salon, une cheminée sur laquelle sont posées deux jarres en porcelaine bleue, un paquet jaune de cigarettes est caché sous la chaise qui supporte une pile de disques pour le gramophone, à moins qu'elles ne soient dans celle des deux jarres qui est fendue. Les enfants sont bruyants, remuants, débrouillards. « *La vie n'est jamais ennuyeuse, pour les Jillies.* »

Le Londres des Jillies, c'est avant tout celui du fleuve, du cri des mouettes et des sirènes des navires… « *Le salon de l'appartement des Jillies était large et mal rangé. Il faisait face au sud et depuis ses grandes fenêtres ils pouvaient regarder jusqu'à l'autre côté de la Tamise, jusqu'aux arbres de Battersea Park, tandis que sous eux le trafic rugissait dans Westminster et la City depuis Pulham et Putney chaque matin, et dans l'autre sens chaque soir. Mais c'était le fleuve, dans toutes ses humeurs changeantes, qu'ils aimaient le plus.* » Chaque saison apporte ses propres plaisirs : au printemps et en automne lorsque les marées sont hautes, que le flot boueux lèche le haut des pierres de l'Embankment et que les barges défilent presque au même niveau que la rue. En hiver, le brouillard cache le haut dénudé des arbres de l'autre côté de l'eau et les bateaux passent comme des fantômes. En avril le fleuve brille au soleil et les jonquilles oscillent sur le bord de la fenêtre. En été, durant les longues soirées, J.D. s'installe sous les fenêtres pour tirer sur sa bouffarde, tandis que les enfants se disputent quant au programme radio ou écoutent des disques sur le gramophone. « *Certaines personnes auraient pu dire que J.D. n'avait pas été en mesure de donner grand-chose à ses enfants, mais ceux qui connaissaient réellement les Jillies étaient bien plus sages. Ils réalisaient qu'il leur avait donné un foyer heureux et uni, et les avaient laissé développer leurs propres personnalités.* »

Avec leurs amis Guy (17 ans) et Mark (13 ans), venus les voir pour ces vacances de Noël 1947, les Jillies vont mener l'enquête – en dépit de l'opposition des adultes, car c'est là l'une des grâces des romans de Malcom Saville, il n'occulte pas la réalité, les adultes s'inquiètent bien entendu des activités dangereuses des enfants, essayent parfois d'interférer, ou bien les aident. Dans cette immense métropole enserrée par le smog, dans le froid hivernal, tout n'est pas qu'une partie de plaisir : les dangers sont réels. La pauvre Belinda passe d'un *narrow boat* (une péniche étroite des canaux de Londres) à une auberge en ruines surplombant la Tamise, à de longues péniches amarrées au centre du fleuve, jusqu'aux docks en ruines aussi. Malcom Saville s'attache à l'atmosphère et aux décors : ici, ceux en particulier des rives fluviales de Londres et des quartiers bombardés de l'Est.

« *Il y a dans l'écriture de Saville un équilibre admirable, un engagement à représenter l'archipel britannique (plus précisément, l'Angleterre) telle que les enfants de la guerre la connaissaient* »[2].

On circule de Chelsea à Wapping, dans l'East End, du brouillard à la vase du bord de l'eau, il y a un majordome

2. Watson, *op. cit.*

compassé, un avocat coincé, une vieille dame snob, des bus rouges, une gargote de grillades pour prolos, les rues pauvres et dévastées de l'East End, un grand incendie… En bref, ce petit roman est une merveille assez exceptionnelle, à la fois en tant qu'excellent polar plein d'ambiance que pour le portrait maintenant historique qu'il brosse de Londres.

On ne saurait faire plus différent du Club des Cinq tout en restant dans le même format : Enid Blyton choisissait de narrer les aventures d'enfants comme il faut, issus de familles de la classe moyenne, bien intégrés au moule social général. À l'inverse, Malcom Saville, travaillant au service publicité de la maison d'édition Amalgamated Press, se laissa séduire par le style de vie alternatif de son ami et collègue Robert Jillions. Leur profession était neuve : on nommait alors « artistes commerciaux » (en France, le mot « graphiste » apparut en 1929 sous la plume de Pierre Mac Orlan), ces illustrateurs et metteurs en page employés par les services et studios publicitaires. Complètement modernes, en prise sur l'actualité, eux-mêmes artistes, ces premiers publicitaires se trouvaient automatiquement en marge de la *middle class* – sans doute dirait-on aujourd'hui qu'ils étaient « bourgeois bohèmes ». Veuf, indépendant, installé à Chelsea (le quartier bohème par excellence), avec un trio de gamins intéressants, Jillions avait tout pour s'attirer l'amitié de Saville… puis plus tard son attention d'auteur ! Depuis 1936 employé aux éditions George Newnes au service de la « promotion des ventes », Saville se mit pendant la guerre à bâtir une carrière parallèle à celle d'Enid Blyton[3]. Rencontrant immédiatement le succès en racontant les aventures du club du « Pin solitaire » (« Lone Pine »),

3. Parallèle au point que, au milieu des années 1950, il succéda à Enid Blyton à la tête du magazine *Sunny Stories*.

il revint à son vieil ami Robert lorsque pour la première fois les « Jillies » firent un peu parler d'eux…

C'était lors de la troisième semaine des vacances de Pâques, en 1947. Mandy, pas tout à fait 16 ans, jolie fille brune aux yeux gris et aux cheveux coupés courts avec un bob et une mèche très à la mode, attend le passage de leur ami le docteur Harvey, chargé de surveiller la rougeole de Prue, sa petite sœur de 12 ans et demi. Une idée est venue à Mandy : ce qu'il faut pour Prue, ce qu'il leur faut tous, c'est un petit séjour à la mer ! La rougeole de la petite étant terminée, il n'y aura rien de mieux pour tous les ragaillardir. Entrant dans son jeu, le docteur Harvey accepte de conseiller un tel séjour à J.D.

Ni une ni deux : en route donc pour Blakeney, sur la côte du Norfolk, à bord de leur fidèle vieille voiture, surnommée Benjamin. J.D. n'a pas beaucoup d'argent, il ne peut loger son clan que dans un « bed and breakfast » pas cher, celui de Mrs Roberts, une affreuse vieille femme sourde qu'ils prennent tous aussitôt en horreur. Mais tant pis, c'est ainsi : la mer est là, si belle. En route, ils ont croisé deux garçons, Guy et Mark Standing, et les retrouvent au village. Guy approche alors de ses 17 ans, tandis que son frère Mark en a 12. Rapidement, ces deux garçons vont devenir les meilleurs amis et alliés des Jillies, comme une extension du clan.

Nous l'avons déjà souligné, l'une des grandes forces de Malcom Saville est sa capacité d'évocation d'une ambiance et ses descriptions de paysages. « *Pour de nombreux enfants de cette époque, ses décors du Shropshire et du Sussex si puissamment évoqués comptent parmi les plus durables des images de fiction de l'enfance.*[4] »

4. Hunt, *op. cit.*

Au cours de sa carrière, Saville n'aura de cesse de camper ainsi le décor de chaque aventure, déterminé à faire en sorte que ses lecteurs « voient », avec précision et clarté : toute son œuvre est « *soutenue par de tels passages descriptifs – sans prétention, classiques, parfois un peu verbeux, mais ancrant toujours très fermement la narration dans la vraie géographie de la campagne.*[5] » Ainsi, à la lecture, a-t-on le sentiment non seulement de voir, mais même de sentir, d'entendre aussi : dans *Redshank's Warning* (1948), le premier récit consacré aux Jillies, le bruit du ressac, le vent venu de la mer, et par-dessus tout le cri des oiseaux, ont leur importance. Un cri d'oiseau ? Oui, celui du « redshank » du titre : en français ces petits volatiles limicoles aux pattes rouges portent le nom charmant de chevalier gambette (*Tringa totanus*). Habitués des vasières, le « pieds rouges » (un autre nom pour lui dans notre langue) a un cri d'alerte bien reconnaissable – et c'est ce qui attirera l'attention de Mandy sur un mystère. Car pourquoi entend-t-on le cri du chevalier gambette quand il n'y en a pas ? Et que fait donc ce prétendu ornithologue pas même fichu de reconnaître le bon oiseau ?

Huit mois plus tard, le petit groupe va vivre l'aventure déjà évoquée, à Noël, où Guy va se retrouver en très grave danger. Et aussitôt après, la vie va leur imposer une nouvelle épreuve, plus rude encore. Invités par la tante des Jillies, Katherine, les enfants prennent tous ensemble le train pour l'Écosse. Des allers et venues à bord les intriguent, mais le principal est encore à venir : aux abords de Penrith, le train se retrouve bloqué par les neiges. Et si aucun meurtre n'est commis, contrairement à ce qu'avait connu dans de pareilles circonstances monsieur Hercule Poirot à bord de l'*Orient-Express*, les dangers ne manqueront pas : entre espionnage industriel et froid mortel

---

5. Watson, *op. cit.*

de la neige, que peuvent faire de simples enfants ? Les Jillies iront au bout de leurs forces, menant Mandy terriblement près d'une fatale hypothermie. Dans les congères et le vent glacial, dans une campagne du Westmorland ensevelie sous un linceul blanc, plusieurs drames vont se nouer (*Strangers at Snowfell*, 1949).

On ne retrouvera les enfants Jillies qu'un an et demi plus tard. Après tout, des aventures aussi incroyables n'arrivent pas tous les jours ! Et encore les événements de *The Sign of the Alpine Rose* (1949) sortent-ils un peu moins de l'ordinaire, en cette époque où l'Autriche se trouve divisée entre les forces militaires anglaises, françaises et russes. En vacances en Autriche à l'été 1949, les Jillies vont se retrouver mêlés à une affaire de passage de réfugiés de l'Est à l'Ouest.

Du drame, en avril 1950, les Jillies en vivront un, de nouveau. Et quel drame !

Mais avant de l'évoquer un peu, que l'on nous permette de souligner un point qui pourrait passer inaperçu aux yeux des lecteurs modernes. Dans son attachement à dépeindre de la manière la plus fidèle, la plus réaliste possible, ces jeunes protagonistes, Malcom Saville n'a pas occulté un élément important de l'enfance et de l'adolescence : la sensualité. Dans une Angleterre où filles et garçons allaient dans des établissements scolaires séparés et ne se fréquentaient guère, Saville dépeignait des jeunes gens libres de leurs mouvements, spontanés.

Ainsi le rapport de Guy avec Mandy évolue-t-il tranquillement vers une attirance mutuelle : « *Les romans de Saville étaient hautement genrés. Ils communiquaient un fort sens de "féminité" plutôt que de "petite fille", et dans le même mouvement parvenaient en quelque sorte à suggérer que les filles étaient à la fois différentes et intéressantes, que le compagnonnage avec elles pouvait être excitant et plein de possibilités.*[6] »

Dans *The Luck of Sallowby* (1952), sans doute le plus beau des romans de la série, chaque protagoniste possède une véritable présence physique – les enfants tout autant que le paysage, d'ailleurs. Il y a dans l'East Anglia une région très particulière que l'on nomme le « Fen Country », un pays qui à l'image de la Hollande (et par les mêmes ingénieurs) fut réclamée aux eaux, une région de canaux et de barrages, de hautes digues et de zones marécageuses. Un paysage unique, que domine depuis son rocher la ville cathédrale d'Elly, où se rendent les Jillies ainsi que Guy et Mark Standing en ces vacances de Pâques. En 1929 déjà, une grande catastrophe avait eu lieu dans la région, une tempête crevant les digues et inondant tout le Fen Country. Un roman policier assez célèbre en avait alors dramatiquement témoigné, d'ailleurs : *Les Neuf tailleurs* (*The Nine Tailors*, 1934) de Dorothy L. Sayers, chroniquant le séjour mouvementé du détective privé Lord Peter dans la région.

Le vent monte, les eaux aussi, et la catastrophe menace de se répéter : des digues commencent à se percer… Pris dans ces événements, les Jillies et leurs amis aident au colmatage des brèches, mais ils enquêtent aussi sur le vol d'une relique locale, une hache de légende. Un vieil ennemi est de retour. Dramatique, survolté, empli de vent et de pluie, d'embruns, de boue, de dangers et d'excitations, ce roman porte un témoignage remarquable sur les environs d'Elly. Pour Saville, l'esprit des lieux, le « sens » d'un endroit, étaient toujours primordiales.

On retrouvera encore un épisode de la vie des Jillies l'été suivant, dans *The Ambermere Treasure* (1953). À l'époque,

6. Watson, *op. cit.*

l'auteur avait perdu de vue ces enfants déjà devenus grands, mais comme chaque fois son sens narratif et descriptif fait merveille pour évoquer la recherche d'un trésor datant de Cromwell, de vieilles demoiselles vivant chichement dans une vaste demeure, un grand projet charitable et quelques belles énigmes. En fait, ce récit était si frappant qu'il fut sélectionné pour faire l'objet d'une adaptation télévisée : une première pour l'époque. Ensuite, cherchant toujours à se faire aussi prolifique et aussi populaire qu'Enid Blyton, Malcom Saville a oublié les Jillies pour se consacrer à d'autres jeunes détectives – tout particulièrement ceux du club « Lone Pine », qui avait pour particularité d'être constitué par de nombreux jeunes gens différents et successifs.

(André-François Ruaud)

ARMADA
PAPERBACKS for
Boys & Girls
Strangers at Snowfell
BY MALCOLM SAVILLE
2/6

LA PATROUILLE DES CASTORS
le Mystère de GROSBOIS
M. Tacq

Couverture de la première édition du premier album, en 1957.
© Dupuis, 2023

Chapitre sept

La Patrouille des Castors

Ils s'appellent Poulain Perspicace, Chat Tout à Tous, Faucon Discret, Tapir Affamé, Mouche Laborieuse. Loin des feux de camp, jeux de piste et autres jamborees, ces cinq scouts ont déjoué des complots aux quatre coins du monde, combattu des criminels en tous genres et affronté mille périls au risque de leurs vies. Que d'aventures pour la Patrouille des Castors !

L'histoire ne nous dira jamais comment de si jeunes gens ont pu vivre une telle succession d'aventures, et encore moins en si peu de temps. D'eux, on ne sait finalement que ce que le récit de leurs exploits a bien voulu nous raconter.

S'inspirant de la longue tradition du roman d'aventures pour jeunes, leurs biographes Jean-Michel Charlier et Mitacq ont passé sous silence les origines de nos héros, effaçant même leur histoire familiale et, plus encore, la présence de leurs parents. À l'exception de Faucon, toutefois, mais, à la façon dont les Castors retrouvent son père, le professeur

Bridoison, ingénieur-chimiste en Afrique centrale, on imagine que l'aventure est inhérente à leur culture familiale.

D'eux, donc, on ne connaît rien d'autre que leurs prénoms, voire leurs patronymes : Poulain s'appelle Jean, Tapir se nomme en réalité Prosper Lebedon – sans doute en référence moqueuse à ses rondeurs –, Faucon est le totem de Frédéric Bridoison, d'une aventure à l'autre Chat se prénomme Michel ou Baudoin Bayard – ah ! le charme de l'improvisation des récits écrits par Jean-Michel Charlier ! – et Mouche restera anonyme pour l'éternité.

Seule l'observation attentive de leurs interactions nous permet de connaître leurs caractères, quel genre d'hommes ils deviendront. Ainsi, on sait dès le départ que le sens de l'initiative et de la décision de Poulain fait de lui, et d'autorité, un chef ; Chat est un jeune garçon aussi dégourdi que dévoué ; Faucon dissimule derrière ses lunettes un esprit scientifique… autant de qualités qui compensent la maladresse et la bonhommie de Tapir, dont la présence au sein de ce groupe de jeunes gens sérieux permet de détendre l'atmosphère aux moments les plus tendus tout en compliquant certaines situations délicates. L'art de la gaffe, c'est toute une histoire, n'est-ce pas ?! Au milieu de ces jeunes aventuriers, il y a Mouche le bien nommé, le benjamin des Castors, dont la bonne volonté pour se hisser au niveau de courage de ses aînés est touchante. Parfois, on peut même s'interroger sur la nécessité pour lui d'aller contre sa nature et de s'infliger des supplices… Mais ce serait oublier que l'engagement dans le scoutisme impose de respecter des valeurs morales et des qualités humaines érigées en idéal universel.

Faisant fi des prédispositions et caractères de chacun, le but est de s'élever selon un modèle de droiture, de courage, de débrouillardise et de générosité. On ne nait pas scout, on le devient, pourrait-on dire, et tant pis pour les maladroits, les timides ou les craintifs, qui devront lutter plus ou moins violemment contre leur nature pour être à la hauteur.

À ce titre, les membres de la Patrouille des Castors se doivent d'être exemplaires.

Leurs premières aventures, publiées dès 1954 dans le *Journal de Spirou*, sont destinées à montrer aux jeunes le droit chemin à suivre, dans la continuité – imaginaire – du club des Amis de Spirou auxquels adhéraient les lecteurs du journal (voir notre chapitre 5). Ses membres devaient avant toutes choses être dignes du code d'honneur qui régissait la ligne de conduite du club, lui-même inspiré par la « loi scoute ». Mais, si les « AdS » a connu un succès colossal avant et pendant la guerre – rassemblant jusqu'à 60 000 membres en 1944 –, quelques années plus tard, il faut imaginer d'autres façons d'incarner cet idéal humaniste.

Quelques années plus tôt, un autre personnage créé par le scénariste Jean Doisy avait incarné avec succès cet « esprit scout », sans l'être toutefois. Jean Valhardi était un aventurier adulte et, flanqué d'un garçonnet prénommé Jacquot ou Jean-Jean, il représentait une sorte de grand frère modèle. Après-guerre, le journal continuait à publier ses aventures alors imaginées par Jean-Michel Charlier, mais celui-ci s'était éloigné de l'esprit d'origine au profit de récit géopolitique qui lui correspondaient davantage.

Or, en 1954, le mouvement créé par Baden-Powell en 1907 connaît un regain dans la société. La présence des Castors au sommaire du journal se révèle être une réponse moderne à l'incarnation des valeurs chrétiennes défendues par la direction. Cette solution est d'autant plus bienvenue que la bande dessinée belge rencontre quelques difficultés à être diffusée sur le territoire français, victime d'une commission de censure chargée de regarder à la loupe le contenu des revues étrangères souhaitant investir ce marché : il ne s'agit pas que des

« étrangers » viennent pervertir la belle jeunesse française. D'un point de vue éditorial, on peut donc dire que nos cinq scouts servent les intérêts du journal tout en défendant ses grands principes moraux. Malice de l'histoire, Jean-Michel Charlier, qui avait dévié Jean Valhardi du droit chemin, revient au scoutisme par la force des choses…

Poulain, Chat, Faucon, Tapir et Mouche deviennent très vite les parfaits ambassadeurs du scoutisme. Au point que des troupes leur emboîtent le pas en entreprenant, comme dans l'épisode *L'Autobus hanté*, des voyages en autobus jusque dans de lointains pays. Dans les coulisses, les auteurs ont une expérience intime de la vie des scouts. Si le scénariste a été membre de cette organisation pendant son adolescence, le dessinateur Mitacq, lui, y a pour ainsi dire consacré sa vie. Parce que les rassemblements scouts sont interdits pendant la guerre, enfant, il fréquente les aumôneries et patronages alors florissants en Belgique. Ce n'est qu'à la Libération que Mitacq peut intégrer les rangs scouts dont il ne sortira jamais vraiment, prolongeant plus tard son engagement en mettant ses pinceaux au service de l'édition dédiée. Admirateur de Pierre Joubert, l'illustrissime illustrateur de la collection « Signe de piste », il se formera quelques semaines à ses côtés avant de travailler à son tour pour des revues scoutes. C'est dire s'il connaît bien l'univers dans lequel évolue la Patrouille des Castors et la qualité de restitution des ambiances, des rituels et des codes.

Plus encore, les auteurs transforment les Castors en même temps que le monde change. Ainsi, lorsque le mouvement se structure en deux groupes distincts selon l'âge des membres, nos cinq jeunes gens délaissent leur uniforme jaune et bleu au profit de l'habit rouge et brun des « pionniers » français, près de huit mois avant qu'il ne soit repris en Belgique.

Garant de la fidélité au décorum des scouts, Mitacq permet à Jean-Michel Charlier d'emprunter des chemins de traverse. Alors qu'il avait rapidement éloigné Jean Valhardi de cet « esprit cout » qui le caractérisait, le scénariste ne peut s'empêcher, là encore, de prendre des distances avec cet univers dans lequel, c'est visible, il n'est pas très à l'aise. Héritier de la grande tradition des récits d'aventures, il imagine pour les Castors des histoires incroyables où ni le réalisme ni la construction d'un récit le soucient. C'est ainsi, d'ailleurs, qu'un sixième scout figure dans leurs premières aventures, puis disparaît sans aucune explication. Sans doute ne savait-il qu'en faire et décida-t-il de ne pas s'encombrer outre-mesure d'un personnage qui apparaît finalement comme redondant. D'ailleurs, qui l'a vu et qui s'en souvient ? C'est très certainement cet équilibre entre la solidité de l'ambiance apportée par le dessinateur et la verve du scénariste qui sortira commercialement la série du simple milieu scout.

C'est très certainement cet équilibre entre la solidité de l'ambiance apportée par le dessinateur et la verve du scénariste qui sortira commercialement la série du simple milieu scout. Charlier est en effet un si merveilleux conteur qu'il embarque les Castors – et les lecteurs ! – dans des intrigues folles, offrant une vision pour le moins romanesque du scoutisme : en Inde ils sont sur les traces de Mowgli, en Afrique centrale ils partent à la recherche d'une mine d'or, ils accomplissent un long et périlleux voyage en autobus jusqu'en Iran, naviguent jusqu'au Groenland, affrontent un tigre, retrouvent un trésor caché, contrent des militaires de l'OTAN, sauvent la Braslavie de la dictature et restaurent l'héritier du trône...

Nos Castors embrassent les causes les plus nobles et traversent ainsi près de quarante ans d'actualité. Ils luttent sur tous les fronts, qu'ils soient d'ordre politique, humanitaire et écologique, quand ils ne vivent pas tout simplement des aventures policières où leurs lecteurs frissonnent d'effroi devant leur audace ! Les titres mêmes de leurs aventures déclenchent à leur seule lecture une ribambelle de sensations tant ils fleurent bon le mystère et l'intrigue. *Le Trophée de Rochecombe*, *Passeport pour le néant*, *Le Hameau englouti* ou encore *Le Chaudron du Diable* figurent au panthéon des titres mythiques de la bibliographie de Jean-Michel Charlier !

Après presque 25 ans de collaboration, le scénariste décide de se consacrer à d'autres projets – et notamment la réalisation des « Dossiers noirs » pour la télévision. Mitacq entreprend seul de poursuivre le récit des aventures de la Patrouille des Castors et les préoccupations des cinq jeunes gens s'orientent alors vers l'altermondialisme avant de revenir vers l'aventure classique sous l'impulsion du scénariste Marc Wasterlain, nouveau compagnon de route de Mitacq. Il donnera même à la série son plus beau titre : *Le Calvaire du mort pendu...*

« *Étant donné leur âge*, confiait Mitacq à ce moment-là, *les sujets sont un peu limités. On ne peut pas tout leur faire faire ! Mes personnages étaient aussi censés évoluer, au départ, dans un monde de perfection. Il y a trente ans, un héros de BD devait être irréprochable... J'essaie cependant, maintenant, de faire évoluer tous mes personnages... Qu'ils soient des garçons comme tout le monde. Moins paternalistes. Que dans ces aventures, les scouts aient, eux aussi, besoin des autres. D'ailleurs, quand on donne, on reçoit...* »[1]

Après quarante ans et une trentaine d'aventures, la question de savoir qui a « donné » et qui a « reçu » est hélas sans réponse. Seule la disparition de Mitacq achèvera le récit des

1. Entretien avec Raymond Arets, *La Dernière Heure*, 22 novembre 1984.

exploits incroyables de la Patrouille des Castors. Révélés au public dans les pages du *Journal de Spirou*, ils ont hissé nos valeureux garçons au rang d'icônes de la littérature scoute, aux côtés du Prince Éric. Plus de soixante-dix ans après leur première aventure, on peut toutefois s'interroger sur les combats qu'ils mèneraient aujourd'hui, dans un monde dévasté qui brûle de tous côtés. Poulain, Chat, Tapir, Faucon, Mouche, par quelle bataille commenceriez-vous ?

(Christelle Pissavy-Yvernault)

"Don't touch that!" Ned warned. "It's a trap."

Illustration pour Mystery of the Ski Jump, *en 1968.*

CHAPITRE HUIT

NANCY DREW – ALICE

C'est en 1955, lors de mon premier séjour dans son pays, que j'ai rencontré Alice, une Américaine, toujours jeune et sportive, comme savent l'être ces « girls » des États-Unis nourries au lait et aux tartes aux pommes. Elle affichait une tenue féminine mais pratique, les cheveux au vent retenus par un bandeau commode, pour éviter les mèches dans les yeux lors de ses virées en automobile. À la regarder marcher d'un pas vif et décidé, l'observateur négligent l'aurait prise pour une fille simple, préoccupée davantage par sa forme physique et la vitesse de son cabriolet que par la résolution des mystères. Une erreur banale qui fut fatale aux nombreux criminels qui croisèrent sa route.

Si j'ai croisé le chemin d'Alice tardivement, j'ai fait sa connaissance bien plus tôt, lorsque nous fréquentions toutes deux le lycée, ou la High School, l'équivalent chez elle. En 1929, à la faveur d'un échange de correspondantes initié par nos enseignantes, j'eus la chance d'hériter d'une certaine Nancy Drew. Elle signait, dans le cadre de nos études éminemment scolaires de langue, Alice Roy, une fantaisie pédagogique des professeurs qui estiment indispensable l'immersion totale dans l'apprentissage. Nancy m'écrivait en français, je lui répondais en anglais sous le pseudonyme ridicule de Chris Light, invention qu'elle eut la délicatesse de ne jamais citer dans ses biographies. Ce hasard providentiel me donna le privilège de suivre la carrière et les aventures de Nancy au travers de ses confidences, même après qu'elle eut obtenu son diplôme et quitté l'école.

Depuis toujours, Nancy Drew vit à River Heights, une petite ville de province quelque part dans le Mid-Ouest, avec son père Carson. Tous deux sont entourés des soins bienveillants d'Hannah Gruen, tour à tour gouvernante, cuisinière et présence maternelle un peu bougonne. Nancy a perdu sa mère à l'âge de dix ans, une disparition douloureuse qu'on évite de mentionner. Depuis, son père, un « attorney » réputé, a pris en charge l'éducation de sa fille, laissant à Hannah la direction matérielle et pratique de la maisonnée. L'enfant, puis l'adolescente profite alors d'une indépendance accrue, sans chaperon féminin sérieux. Son esprit vif et aiguisé impressionne son père, elle devient son interlocutrice favorite lorsqu'il relate le point obscur d'une affaire, ou une énigme qui lui échappe.

Lorsqu'elle m'écrit, elle tient un discours à la fois enthousiaste et pertinent, plus mature que le mien, encore confus au sortir d'une enfance protégée, à l'ombre des convenances féminines. Quand les jolies toilettes de soirée nous obsèdent mes amies et moi, Nancy me déconcerte avec son cabriolet. Son père lui a offert cet engin pour l'anniversaire de ses seize ans, surprenant cadeau pour une aussi jeune fille. Sous ses paroles mesurées et son attitude responsable, je devine cependant l'allégresse qu'elle ressent de pouvoir se déplacer à présent comme elle l'entend. C'est plus tard que je compris combien cette élégante voiture bleu sombre était essentielle dans sa panoplie de limier. Au volant, désormais libre de ses mouvements, Nancy sillonne la région, et plus tard les autres états, en quête des indices et des témoins de ses fameuses affaires.

1930 est une année charnière dans la vie de la jeune détective. Jusqu'à présent, ses enquêtes lui avaient offert une satisfaction toute personnelle et l'admiration de son entourage, sans qu'elle songe à plus de notoriété.

C'est alors qu'elle est contactée par Edward Stratemeyer (1862-1930), un éditeur populaire actif depuis le début du siècle. Cet homme entreprenant se montre très attentif au goût du public, il publie des récits bon marché pour des lecteurs de plus en plus nombreux bien que peu fortunés. Il avait démarré sa carrière comme écrivain de « dime novels », de westerns, et de « serials » pour les journaux dès la fin des années 1880. Quand il créa sa propre entreprise, la *Stratemeyer Literary Syndicate* dans le New Jersey, vers 1905, il possédait une solide expérience de l'écriture professionnelle.

Ayant remarqué le plébiscite des héros plutôt que de leurs biographes, il attira l'attention vers les premiers, les seconds s'éclipsant discrètement derrière un pseudonyme générique ; il est d'ailleurs difficile, encore aujourd'hui, d'attribuer un auteur précis à certains titres. Cette nouvelle stratégie éditoriale s'apparente évidemment à une forme d'industrialisation de l'écriture, une production en masse et anonyme d'un objet qui perd beaucoup de sa fonction culturelle. Pourtant, malgré cette volonté économique, et bien que les auteurs véritables soient parfois peu discernables, les récits conservent certaines qualités littéraires spécifiques au roman populaire. Les personnages récurrents exigent une cohésion globale de la construction et du traitement, leurs aventures se doivent de demeurer réalistes et fidèles à leurs univers et à leurs profils. Si Edward Stratemeyer s'intéresse principalement au succès des publications dans la presse et dans l'édition, il suit également les performances du cinéma. La popularité des aventures criminelles ne se dément pas dans un pays fasciné par les exactions des grands bandits, depuis les premiers affrontements entre *outlaws* du Far West et leurs valeureux adversaires, shérifs, juges ou chasseurs de primes.

Au cours de la deuxième moitié du XIXe siècle, un nouveau champion de la loi a fait son apparition, le détective. Que ce soit dans les magazines, les livres ou sur les toiles, le public suit les enquêtes des « privés » avec un halètement de frayeur ravie. La multiplication des supports papier et le passage du muet au parlant n'ont pas altéré l'engouement des spectateurs pour des héros comme Nick Carter ou Dick Tracy, sans compter les Anglais, dont l'illustre Sherlock Holmes qui a fait couler beaucoup d'encre.

Les héroïnes n'ont rien à leur envier, peu à peu elles investissent la littérature et les studios. Depuis 1914, la plus célèbre, la ravissante et intrépide Pearl White, déchaîne les passions à travers le monde lorsqu'au volant de ses bolides, ou sautant d'un train en marche, elle poursuit les voleurs et les assassins, l'arme à la main. De son côté, la presse juvénile continue de prendre de l'ampleur. En Grande-Bretagne, depuis la fin du XIXe siècle, *Chums* fédère les petits Britanniques autour de nombreuses énigmes policières, dans les numéros hebdomadaires de sa revue. Pour Stratemeyer Literary Syndicate, spécialisé dans la littérature juvénile, il est hors de question de ne pas exploiter ce marché prometteur, qui distrait si bien les adultes.

Déjà en 1927, son propriétaire s'était mis en relation avec les frères Hardy. Les deux jeunes gens secondaient leur père détective et ancien policier new-yorkais, à Bayport, sur la côte Atlantique. Une association qui inspira peut-être bien un éditeur de fiction adulte car étonnamment, moins de deux ans plus tard, Ellery Queen et son père, inspecteur de police à New York, faisaient leur apparition chez l'éditeur Frederick A. Stokes, avec le succès qu'on leur connaît. Une collaboration fructueuse s'était organisée autour de la série « The Hardy Boys », sous la plume collective de Franklin W. Dixon. L'intelligence et le courage de Frank et Joe Hardy avaient vite gagné le cœur des lecteurs. Stratemeyer s'avisa alors que si les jeunes garçons s'enthousiasmaient des périls vaincus par les Hardy, les jeunes filles ne dédaigneraient pas une des leurs, sage mais moderne, dont les compétences glorifieraient les aptitudes qu'on accordait désormais à leur sexe. Après tout, leurs aînées avaient fait leurs preuves dans le dernier conflit mondial, elles n'étaient plus les potiches des salons, encore moins aux États-Unis, nation du progrès triomphant. Il fallait une jeune fille posée, pas l'une de ces écervelées de comédie, une écolière brillante et astucieuse qui s'élèverait contre le crime sans perdre de vue le respect des solides valeurs citoyennes. C'est ainsi qu'un beau jour, Nancy Drew, élève brillante et détective amateur auprès de son père, respectable *attorney*, reçut la proposition inattendue d'Edward Stratemeyer, le puissant éditeur du New Jersey.

Nancy n'hésite pas à accepter le projet et heureusement, car son mentor disparaît peu de temps après la signature du contrat. Il aura à peine eu le temps de définir les conditions des biographies qu'il comptait publier en accord avec la jeune fille. Le cadre est suffisamment explicite pour que Nancy soit assurée de garder son indépendance. Elle craint un moment que ses enquêtes attrapent un tour plus mièvre lorsque les filles de Stratemeyer, Harriet (1892-1982) et Edna (1895-2002) prennent en main les éditions. Les héritières ont curieusement une vision plus conformiste de la condition féminine que leur père. Toutefois, Edna cède rapidement les rênes à sa sœur, elle finira par lui vendre ses parts en 1942. Harriet, elle-même débordée par le travail éditorial, va superviser les grandes lignes sans réussir à influer réellement sur le travail d'une troisième romancière, Mildred Benson Wirt (1905-2002). Sous le pseudonyme générique de Carolyn Keen, cette dernière assurera la rédaction de vingt-trois des trente premières aventures de Nancy Drew. Lorsque Mildred reçoit un courrier de mise au point envoyée par Harriet Stratemeyer, soucieuse de maintenir un ton mesuré et conformiste, le jeune auteur se garde d'opposer une résistance perceptible à son employeur. Elle compose tout en évitant d'appliquer à la lettre les directives qui lui intiment d'adoucir l'aspect limier de Nancy au profit d'une féminité plus fragile. Elle va mettre en valeur les rapports tendres qu'entretiennent Carston et sa fille, comme Harriet le demande, mais elle omet d'y ajouter la sensibilité d'un cœur trop suave. Nancy est une jeune fille d'esprit et d'action quoique affectueuse. Rassurée par le respect que Mildred témoigne à ses méthodes, la détective n'hésite pas à lui confier la relation de ses enquêtes dans les moindres détails. De leur collaboration naîtra une série célèbre consacrée à la première grande « Girl Sleuth », en américain une fille-limier, littéralement. Il se passera plus de vingt ans avant qu'un éditeur français s'intéresse à ce phénomène et traduise ce qu'une nouvelle génération découvrira, en août 1955, sous le nom d' « Alice détective », par Caroline Quine. Ce sont les éditions Hachette qui feront traverser la renommée de Nancy par-delà l'Atlantique. Elles géolocaliseront les récits en France, comme elles s'y seront employées, à la même époque, pour les aventures des Famous Five devenus Le Club des Cinq, rapportées par l'auteur britannique, Enid Blyton. Malgré la traduction parfois aléatoire et les dérives dans la chronologie des enquêtes, les lectrices françaises plébisciteront avec le même enthousiasme que les jeunes

Américaines le limier en jupon, lui donnant ainsi, pour ainsi dire, une seconde vie.

Quand paraît le premier roman, le 28 avril 1930, sous le label Grosset & Dunlap, établi à New York, Nancy m'écrit un courrier tout à la fois modeste et enthousiaste. Elle s'amuse de la couverture qui la reproduit en pleine action alors qu'elle a dû poser plusieurs heures pour l'artiste, Russell Havilland Tandy (1891-1963). Quoiqu'elle m'assure qu'il l'a embellie, les descriptions admiratives que je lirai plus tard confortent la justesse du portrait. Russel Tandy était un ami d'Edward Stratemeyer, il avait déjà peint les frères Hardy pour quelques volumes, mais c'est avec Nancy qu'il illustrera plus d'une vingtaine de couvertures. Peut-être aussi le sujet, cette grande blonde aux yeux bleus, élégante et souple, l'inspire davantage car le peintre est également illustrateur de mode. D'après son modèle, il l'habille mieux qu'elle ne l'est en réalité, exagérant le chic des tenues que Nancy préfère porter un peu plus pratiques et solides, des qualités utiles lorsqu'il faut courir ou conduire.

Edward Stratemeyer meurt le 10 mai 1930, quelques jours après la parution de la première enquête de Nancy Drew dévoilée au public, *The Secret of the Old Clock*. Victime d'une mauvaise pneumonie, l'éditeur disparaît sans avoir eu le temps de féliciter la jeune fille en personne pour la résolution brillante de cette affaire. Nancy, désolée, n'a cependant pas le temps de s'attrister, déjà d'autres mystères réclament toute son attention. Les lectrices, et peut-être plus de lecteurs qu'il ne s'en est avoué, les découvriront quelques semaines plus tard sous les titres de *The Hidden Staircase* et *The Bungalow Mystery*.

Cette année de 1930 demeurera une période intense pour Nancy. River Heights est une cité modeste mais prospère, suffisamment grande pour compter un grand magasin, Taylor's Department Store, des hôtels et restaurants dont The Royal Hotel, une banque, la First National Bank, mais aussi des petits buildings comme celui qui abrite le bureau de Carston Drew. La ville compte aussi une High School, sans oublier le Country Club où ont lieu les bals, au grand plaisir de Nancy qui aime beaucoup aller danser. Les biographes tairont toujours la localisation précise de River Heights, par discrétion pour les clients de la famille Drew, à peine est-il possible de la situer dans le Mid-Ouest, au bord d'un fleuve. Dans une région florissante et facile d'accès, la cité prospérera au cours les années suivantes. En peu de temps, elle s'enorgueillira de bâtiments publics et culturels prestigieux, des hôpitaux, des théâtres, une station émettrice de la télévision, des revues et journaux, un aéroport, etc. Sous la plume de Mildred Benson, encore célibataire à l'époque, la paisible bourgade de River Heights, la jolie et confortable maison dans River Lane de Carston Drew, secondé par l'attentive Hannah Gruen, sont évoqués fidèlement. La grande crise économique de 1929 n'a pas eu de répercussions dramatiques sur l'endroit, qui paraît serein. Pourtant, certains indices indiquent des remous directement inspirés par le grand Crash. Lorsque Nancy assiste à l'accident d'une toute petite orpheline, recueillie par ses grands-tantes peu fortunées, il s'agit bien d'une affaire de détournement et de faillite. Dès ce premier mystère, Nancy Drew apparaît telle qu'elle est et sera toujours, une brillante jeune fille, charmante et décidée. Bien que comblée des bienfaits de la nature et de l'éducation, ses qualités n'ont aucunement gâché sa simplicité et sa générosité. Grâce aux soins de sa biographe principale, les jeunes Américaines vont découvrir une de leurs représentantes, soucieuse de son apparence et des convenances, qui n'hésitera cependant pas à agir, émettre des opinions, et enquêter là où l'on préférerait ne pas la voir. Cette toute jeune femme, dont la seule faiblesse est probablement la belle tenue de son cabriolet, ose prendre en main la bonne marche de la société en chassant le crime. Émue de la détresse de deux vieilles dames et de leur nièce, ne va-t-elle pas se lancer à la recherche d'un testament fantôme, bravant des cambrioleurs inquiétants et un puissant industriel, monsieur Topham ? Pas encore sortie de l'adolescence, elle s'oppose avec fermeté mais sans acrimonie à ses pimbêches de filles, Ada et Isabelle, représentantes d'une société âpre à l'argent et méprisante à l'égard de leurs employés. Il n'est bien entendu pas question pour Nancy de bouleverser l'ordre social, chacun sa peine et son devoir, mais de rétablir la justice. S'il le faut, elle mêlera à son enquête d'abord son père, conseiller avisé et affectueux. Sa profession d'homme de loi permet à sa fille de respecter la stricte ordonnance de la légalité, lorsqu'elle s'engage dans une enquête ; Nancy ne chercherait pas à valider un testament non certifié. D'autre part, Carston Drew entretient des rapports cordiaux avec de nombreux collègues. S'il mise sa confiance en employant parfois la jeune détective amateur dans quelques affaires, cette dernière connaît ainsi de nombreux partenaires éventuels qui lui seront favorables, comme le juge Hart établi à Madison, une ville voisine. Et voilà notre justicière en jupon en possession de quelques pistes, et peut-être d'un témoin ou deux. Elle prend alors sa course, saute dans son automobile, avale des kilomètres d'une ville à l'autre, affronte les éléments, repère sur la carte une maison solitaire, explore les environs désolés et rentre à l'heure pour le repas du soir, juste à temps pour se débarbouiller et passer un coup de peigne dans sa chevelure blonde. Nancy mange de bon appétit les plats succulents d'Hannah en relatant sa journée à son père, puis après avoir aidé à desservir la table, elle se retire pour une bonne nuit de sommeil, toujours réparatrice. Le lendemain matin, prête pour l'aventure, la détective revoit ses plans et note ses rendez-vous, organisée et fraîche. River Heights est son domaine, elle en connaît la topographie et la population. Si certains quartiers plus défavorisés ou des rues un peu sombres lui sont moins familières, l'un ou l'autre de ses contacts, ou une aide providentielle séduite par sa bonne mine, la mettra sur le chemin, comme ce vendeur malmené par les irascibles sœurs Topham au Taylor's Store. Les habitants de la région ne sont pourtant pas tous sympathiques, notre héroïne ne se laisse pas démonter, d'un ton incisif, elle perce leurs secrets et leur soutire la vérité, toujours stratège lors de ses interrogatoires. Madame Topham en fera les frais, cédant au prestige d'une vente de billets pour une manifestation charitable, réservée aux notables, tout droit issue de l'imagination fertile de l'investigatrice. Et si un esprit chagrin prétend que le cœur tendre de Nancy est une invention de Mildred Benson, il faut qu'il ignore avec quelle délicatesse la redoutable enquêteuse échafaude un plan, pour une rencontre profitable à l'avenir de ses protégés. Le signor Mascagni, professeur de chant, se souvient toujours de la première rencontre avec sa future élève, quand il entendit la voix pure d'Allison Hoover, une jeune fermière désargentée. Les larmes lui coulent sur les joues encore à présent, une manifestation sentimentale excessive d'un artiste étranger, penseront les lectrices. « Bravissimo ! Bravissimo ! Vous deviendrez une interprète d'opéra merveilleuse. » Il avait raison et ce fut grâce à Nancy, discrète selon son habitude.

Quoi de plus naturel que les jeunes lectrices soient éblouies en découvrant les exploits de Nancy Drew. *The Secret of the Old Clock* est un succès pour la « Girl Sleuth » à River Heights et dans les kiosques. Mais, ce mystère résolu avec brio, Nancy n'a pas le temps de profiter de sa popularité. Le décès d'Edward Stratemeyer endeuille l'entreprise presque immédiatement, puis, sans attendre, de nouvelles énigmes et des exactions crapuleuses mobilisent à nouveau son esprit. Jamais, Nancy ne cessera de combattre le crime, qui se révélera de temps à autre plus dangereux ou retors. Heureusement, quelques jeunes gens l'épauleront, en particulier ses meilleures amies, Bess Marvin la rêveuse un peu dodue, et sa cousine George Fayne, une sportive infatigable, d'anciennes condisciples à la High School. Un jeune homme un peu fougueux mais solide, Ned Nickerson, va surgir dans la vie de la détective. Sa carrure athlétique saura venir à bout des adversaires les plus coriaces ou des portes solidement fermées. Les relations que Nancy et lui entretiendront pendant de longues années me décontenancent encore, j'imagine que Ned est principalement un partenaire de danse, un *boyfriend* du Mid-Ouest n'a qu'un rapport lointain avec un fiancé français.

Depuis la fin des années 1950, j'ai perdu de vue ma correspondante, son activité débordante a eu raison de nos échanges épistolaires. J'ai cependant suivi sa carrière avec toujours autant d'intérêt et d'affection. Harriet Stratemeyer a jugé bon d'exploiter la renommée devenue mondiale de Nancy. Après avoir évincé Mildred Benson, l'éditrice engagea quelques plumes plus dociles et contribua elle-même à l'écriture des nouveaux récits et entreprit de renouveler les précédents. Cette dernière activité relève plus d'une transformation accusée des textes pour les adapter au goût du jour. Le profil original de Nancy a souffert de l'altération commerciale, sa physionomie moderne n'a plus le charme désormais suranné des années 1930, celles qui l'ont connue à ses débuts en sont particulièrement conscientes. Pourtant, ni la « Girl Sleuth » ni ses admiratrices n'ont protesté, la *Stratemeyer Literary Syndicate* suit fidèlement la voie ouverte par son créateur, Edward Stratemeyer, en préférant modeler ses publications et leur assurer un succès durable. Harriet puis Edna Stratemeyer ont disparu à leur tour, les éditions Simon & Schuster ont remplacé Grosset & Dunlap, mais l'héritage a été conservé et cultivé selon le principe initial.

En ce troisième millénaire, que ce soit en littérature, dans la presse, au cinéma ou sur ce nouveau support culturel, le jeu vidéo informatique, le nom de Nancy Drew n'a jamais autant paru sur les couvertures et dans les génériques.

(Christine Luce)

Introducing
NANCY DREW Detective
She may get the wrong answers in school...but she gets the right men ...in jail!
A WARNER BROS. Picture, with
BONITA
GRANVILLE
JOHN LITEL
JAMES STEPHENSON
FRANKIE THOMAS
Directed by Wm. CLEMENS
A NANCY DREW ADVENTURE
Original Screen Play by Kenneth Gamet • Based on the "Nancy Drew" Stories by Carolyn Keene

Illustration de Jeanne Hives pour Le Clan des sept et les bonshommes de neige, *1969.*

CHAPITRE NEUF

LE CLAN DES SEPT

La fin de l'année approche et, dans la remise qui leur sert de quartier général, sept enfants se désespèrent. « Pas de mystère à éclaircir », déplorent-ils, moroses, au cours de leur réunion. Comme il n'y a rien d'excitant à discuter, autant aller faire des bonhommes de neige dans le champ voisin et profiter des derniers jours des vacances. Aussitôt dit, aussitôt fait et, s'habillant chaudement, ils s'amusent tout l'après-midi à façonner leurs créations hivernales. Une activité drôle et agréable, pleine de rires, et qui aura une conséquence inattendue en les lançant sur la piste d'une nouvelle énigme : la découverte d'une voiture tirant une remorque étrange et dont des plaintes lugubres s'échappent. Que renferme-t-elle et qui en est le conducteur ? Ça y est, le Clan des Sept va pouvoir enfin reprendre du service et mettre à profit le talent d'investigation de ses jeunes membres !

Le Clan des 7 et les bonhommes de neige (1949) ouvre une nouvelle série romanesque consacrée à des détectives amateurs écrite par la prolifique Enid Blyton. Le Clan des Sept (*The Secret Seven* dans la version originale) est une société secrète composée de sept enfants, Pierre, le chef du groupe, sa sœur Jeannette, Jacques, Colin, Georges, Pam et Babette. Le fidèle chien Moustique, un bel épagneul mordoré qui appartient à Pierre et Jeannette, gambade constamment à leurs côtés, jouant même parfois un rôle dans les intrigues. C'est le huitième membre non officiel de la petite confrérie.

Moins âgés que leurs célèbres prédécesseurs, les membres du Club des Cinq, autre œuvre populaire de Enid Blyton, dont ils sont par ailleurs de grands admirateurs et lisent les exploits (comme on le constatera dans *Le Clan des Sept et l'homme de paille)*, nos limiers sont les héros de quinze livres policiers pour la jeunesse publiés entre 1949 et 1963, parus en France dans la « Bibliothèque Rose ». En fait, une première histoire, « At Seaside Cottage » (1947), joliment illustrée par Eileen A. Soper, se rattache à ce cycle mais seuls Pierre et Jeannette, et Moustique, y figurent, l'action se déroulant avant la création du Clan. Les enfants passent un plaisant séjour dans le cottage de leurs grands-parents, entre pêche aux crevettes et leçons de natation. Cette histoire est suivie d'une deuxième nouvelle, « Secret of the Old Mill » (1948), qui voit le groupe se former. Après avoir dévoré un livre captivant sur une société secrète, Pierre a l'idée d'en créer une et en fait part à Jeannette. Séduite, celle-ci est aussi enthousiasmée que son frère par le projet. Ils choisissent alors cinq de leurs camarades, qu'ils apprécient et qui savent se montrer discrets, pour les inviter à faire partie de cette nouvelle petite confrérie. Mais c'est l'année suivante que débute officiellement la série, avec *Le Clan des Sept et les bonhommes de neige*. Le Clan est déjà constitué et fonctionne depuis un petit moment. Bien plus tard, Évelyne Lallemand écrira douze romans, de 1976 à 1986, prolongeant dans un souci commercial les aventures du Clan, textes apocryphes publiés dans la « Bibliothèque rose » (une partie fut traduite en anglais chez Knight Books). Bien entendu, seule l'œuvre originale nous retiendra ici, qui constitue la véritable biographie du groupe.

Perpétuellement en quête d'aventures palpitantes, les jeunes détectives adorent élucider les mystères qui émaillent la vie de la petite cité de Blainville et de ses environs, où ils demeurent. Et le Clan des Sept excelle dans cet exercice exigeant esprit affûté, sens de l'observation et prise de risque. Plutôt formaliste, surtout que Pierre y veille au grain, la société secrète fonctionne avec un certain nombre de règles (mot de passe, insigne) et suit un cérémonial bien établi. Les membres se réunissent dans leur QG, une remise portant fièrement l'inscription C7, peinte par le chef du Clan lui même, située au fond du jardin de M. et Mme Dufour, les parents du garçon et de sa sœur. Le couple apparaît dans toutes les histoires et supporte, parfois activement, le petit groupe. Ils possèdent une ferme, le Vieux-Moulin, en référence à un ancien moulin du domaine à présent en ruines, des champs et des terres alentours, et ont également une bonne, Marie, et Émile, un jardinier un peu bougon. Si les parents des autres enfants interviennent de temps en temps dans la série (comme la mère de Jacques), ils sont plus effacés, voire anecdotiques pour certains. À quelques reprises, la remise n'étant pas disponible, le groupe a changé momentanément de lieu de rendez-vous. Ils se sont alors réunis dans le kiosque trônant dans le jardin de Colin (*Le Feu de joie du Clan des Sept*), une grotte au sol de sable fin (*Le Clan des Sept et l'homme de paille*) ou dans une petite cabane qu'ils ont construite en haut d'un arbre, au cœur de Bois-Bourru (*Bien joué Clan des Sept*).

Les réunions sont organisées par Pierre et Jeannette, qui a une jolie écriture et rédige souvent les lettres de convocation, sauf en cas de nécessité ou d'enquête en cours. Le Clan se réunit alors rapidement, dans l'excitation et l'urgence, parfois dans la même journée, pour débattre avec passion des derniers indices trouvés, de l'avancement des recherches ou échafauder d'inventives théories. Une fois convoqués, les membres se présentent, à l'heure dite, devant la remise, leur insigne, barré du sigle C7, épinglé sur eux et prononcent le mot de passe (qui change régulièrement, de « Vacances » à « Oignons frits » en passant par « Cadet Roussel » et « Faridondaine » ou même « Ouah ! Ouah ! »), sésames indispensables pour que Pierre condescende à ouvrir la porte. Une fois, le mot de passe, celui de « Charlie-Filou », jouera un rôle inattendu dans une des enquêtes (*Le Clan des Sept à la grange aux loups*). Mais gare à l'étourdi qui les a oubliés, l'inflexible chef du Clan refuse de l'admettre à la réunion !

Leurs rencontres débutent invariablement par un goûter. C'est si agréable de grignoter de bonnes choses avant d'attaquer les discussions sérieuses. Et Mme Dufour a toujours en réserve pour ces occasions de succulents gâteaux, de délicieuses tartelettes au citron ou des sablés savoureux. Quelques fois les autres membres apportent, en sus, un sachet de friandises, du chocolat ou une boite de biscuits. C'est simple, goûter, se retrouver et parler de mystères déconcertants, voilà le genre d'après-midi qui séduit les jeunes enquêteurs et leur fait préférer les activités du Clan à toutes autres. « *Comme c'est amusant d'appartenir à une société secrète ! Il nous arrive toutes sortes d'aventures !* » se dira Pam avec ravissement. Parallèlement, ils profitent aussi de leurs réunions pour planifier des événements à venir – organiser un feu d'artifices pour célébrer le 14 juillet, confectionner un mannequin de Carnaval, préparer les cadeaux de Noël – ou tout simplement jouer s'il n'y a pas d'énigme à résoudre ou de tâches particulières en vue. Les consoles vidéo ne triomphent pas encore dans les logis et les Sept s'amusent au Nain Jaune, à monter un train électrique, faire voler des avions miniatures. Ils visitent une fête foraine ou bien se promènent en bicyclette en ville mais aussi dans les bois environnants. Ils y pique-niquent lorsque le temps s'y prête ou bien se lancent dans des parties endiablées de cache-cache. Limiers appliqués, ils demeurent des enfants aux occupations ludiques et conviviales.

Bien que leur âge n'est pas précisé, au vu de leurs divertissements, activités quotidiennes et des illustrations des romans, les enfants semblent avoir une dizaine d'années. Dans *At Seaside Cottage*, Pierre a 7 ans, et Jeannette, 6 ans. Mais en dépit de leur jeune âge, ils sont avisés (« *Les enfants remarquent parfois des détails qui échappent aux grandes personnes* », leur rappelle une fois Pierre), et entendent bien se comporter comme de vrais détectives, perfectionnant sans cesse leurs talents. Ils ont d'ailleurs en permanence de la ficelle dans leurs poches : « *Il faut être prêts à tout. Les sept avaient eut souvent à se louer de cette sage précaution. Leurs aventures commençaient toujours au moment où ils s'y attendaient le moins* » (*L'Avion du Clan des Sept*). Ils utilisent avec efficacité toutes les méthodes d'investigation – filatures discrètes de personnes suspectes, examen minutieux des indices (ils reproduisent notamment le dessin de traces de pneus sur la neige pour pouvoir les comparer à ceux d'autres voitures, ou de ronds étranges laissés sur le sol par d'astucieux monte-en-l'air) – et exploitent habilement les ressources existantes, comme consulter, à la Poste, les annuaires pour trouver une localité ou un nom, et demander à leurs parents des renseignements sur le fonctionnement des trains, ou des expressions qui ne leur sont pas familières, telles « un homme de paille ». Ils interrogent régulièrement, avec une fausse innocence, des témoins, qui se montrent d'autant moins méfiants qu'ils ont affaire à des enfants. Cependant, contrepartie de leur jeune âge, ils sont aussi parfois chassés de terres ou d'entrepôts par des fermiers mécontents ou des ouvriers impatients. Qu'à cela ne tienne, ils se promettent de revenir plus tard quand la voie sera libre !

Les enfants n'hésitent pas non plus, lorsque les circonstances l'exigent, à se risquer, même la nuit, dans des équipées périlleuses pour suivre des individus peu recommandables. Or, le danger est bien réel et, à plusieurs reprises, ils sont surpris et poursuivis par des malfaiteurs, donnant un côté encore plus haletant à leurs chères aventures. Ainsi, un soir, Pierre et Colin, à la recherche de bijoux volés, se glissent dans la roulotte d'un forain mais se font surprendre par celui-ci, ce qui les oblige à sauter du véhicule en marche. Mais dans sa précipitation, Colin heurte les marches et tombe durement sur le chemin. De son côté, Pierre reçoit une taloche sur l'oreille, parvient à esquiver les coups suivants avant de plonger audacieusement pour attraper le forain aux jambes. Celui-ci lui flanque une autre claque, avant de trébucher et tomber. Pierre en profite aussitôt pour se faufiler à l'extérieur, dans une haie proche (*Le Clan des Sept va au cirque*). Une autre fois, c'est Colin, encore, qui est repéré par deux suspects, Albert et Augustin, qu'il espionnait avec Jacques. Discrètement camouflé dans l'obscurité, le garçon se pense à l'abri mais il trahit sa présence en éternuant bruyamment. « *En trois secondes, Albert fait le tour et se saisit de Colin, lui demandant ce qu'il fait derrière l'arbre, et le secoue comme un prunier.* » Et comme si cela ne suffisait pas, «*Augustin recommande de lui donner une gifle et de le laisser partir pour ne pas attirer l'attention sur eux.* » Joignant le geste à la parole, l'individu frappe brutalement Colin, qui s'enfuit effrayé. Mais, en présence des autres membres du Clan, le garçon ne se montre pas peu fier de sa mésaventure. Il porte un bleu sur la joue gauche, près de l'oreille, souvenir du coup reçu, « *et s'en faisait gloire* » (*Le Clan des Sept et l'homme de paille*).

Seuls les garçons du groupe participent cependant à ce genre d'expédition. « *Pourquoi les garçons ont-ils toujours des rôles amusants ?* », pense Babette à ce sujet, même si elle est d'un naturel craintif. Plus courageuse, Jeannette aimerait parfois les suivre mais Pierre ne transige pas la dessus, avec un soupçon de condescendance : « *Hé, bien, fais-toi une raison, ma chère ! Il n'y aura pas de fille ce soir là, réplique-t-il avec un ton très chef du Clan. Babette pleure déjà parce qu'un gendarme lui dresse une contravention ! Tu te rends compte de l'aide qu'elle nous apporterait au moment où il se passerait des choses dangereuses ? Non, seuls les garçons iront, personne d'autre.* » (*Le Clan des Sept à la grange aux loups*)

Les Sept sont aussi à l'aise dans les bois que dans un cadre urbain. Ils connaissent bien la ville, ses ruelles et ses boutiques, comme cette pâtisserie qui vend d'exquis macarons tant appréciés par Jacques, ou bien ils découvrent certains quartiers pour le besoin d'une enquête, et d'autres lieux plus sulfureux comme l'établissement *Chez Simon* (« *Le café a un aspect assez sordide et la vitre est sale* »). Ils aiment rien moins qu'enquêter sur de passionnants rébus (« *le frisson de l'aventure* » qui les titille si fort) et, fort heureusement, la ville proche de Blainville, bien qu'en apparence tranquille, est propice aux intrigues en tous genres, certaines inquiétantes et ténébreuses, et les activités criminelles ne manquent pas. Des individus louches s'y livrent à toutes sortes de trafics. Mais le Clan veille !

Nos jeunes Sherlock Holmes se frottent souvent à des voleurs, qui forment l'essentiel de leurs adversaires, que ce soit des saltimbanques s'emparant de bijoux appartenant à une riche propriétaire, de tableaux dérobés à un comte (*Le Télescope du Clan des sept*) ou encore du plomb (*Le Clan des Sept à la grange aux loups*), un des vols les plus élaborés auquel ils seront confrontés, les malfrats ayant infiltré une gare pour détourner des wagons sur des voies secondaires et en piller discrètement la précieuse marchandise. Ils ont aussi affaire à de dangereux malfaiteurs, aux mines patibulaires et aux méthodes musclées, qui n'hésitent pas à s'introduire dans le domicile de la grand-mère de Colin et ligoter Maria, la malheureuse domestique, pour forcer un coffre-fort et s'emparer de son contenu. Ils lancent même de gros cailloux aux enfants, qui les surprennent un jour dans une vieille cabane, et donnent un méchant coup de pied à Moustique qui tentait de protéger ces derniers. Faisant preuve d'obstination et de sang-froid, alors que l'un des voleurs rôde autour du bûcher qu'ils ont construit pour le 14 juillet, le Clan finira par mettre un terme à leurs odieux agissements en apportant, une nouvelle fois, une aide précieuse aux gendarmes (*Le Feu de joie du Clan des Sept*). Mais les voleurs ne présentent pas tous un abord si rugueux et, comme ils l'apprennent à leur détriment, des gens de connaissance peuvent se révéler trompeurs, tel l'avenant facteur Grégoire, « *un petit homme au visage rond et souriant. Pierre et Jeannette le trouvaient très sympathique* ».

Le type de certaines affaires présentent parfois des similitudes et ils sont confrontés à différentes reprises à des fugues d'enfants ou à des disparitions d'animaux – un cheval de course mais aussi des chiens. Une affaire qui leur tient particulièrement à cœur car tous les aiment beaucoup, et qui prend un tour encore plus dramatique lorsque l'adorable Moustique est kidnappé à son tour (*Surprise au Clan des Sept* ; ils démasquent d'autres trafiquants de chiens dans *Un exploit du Clan des Sept*).

Lorsque le calme plat sévit, c'est la déprime. « *Voilà longtemps que nous n'avons pas eut de réunion* », se lamentent-ils. Presque à chaque début d'aventure. « *Il est temps que nous nous réunissions, ou bien nous oublierons que nous appartenons à une société secrète* », souligne Jacques dans une lettre où il sollicite une rencontre du Clan, ayant un problème à leur soumettre (*Le Cheval du Clan des Sept*). Mais c'est toujours à ce moment là qu'un nouveau mystère surgit, parfois de manière imprévisible. Ainsi, par le plus grand des hasards, font-ils la connaissance d'un jeune fugueur, Jean-Paul, qui a élu domicile dans la cabane qu'ils ont construite à Bois-Bourru. S'ils se montrent mécontents de cette intrusion intempestive, surtout que le garçon a chipé leurs provisions, les enfants compatissent bien vite à sa situation. Sa mère ayant été hospitalisée, Jean-Paul a été envoyé provisoirement chez des parents déplaisants, qu'il soupçonne de tremper dans des affaires troubles. Ils se sont aussi montrés cruels envers son chaton, ce qui lui assure immédiatement la sympathie des Sept. Une aventure au final très excitant pour les garçons, qui auront l'honneur d'assister à l'opération en flagrant délit menée par les gendarmes, contactés par leurs soins, et par l'arrestation de l'oncle de Jean-Paul et de son un ami interlope qui prévoyaient de délester des camions de leur chargement (*Bien joué Clan des Sept*).

Une autre fois, leur nouveau lieu de réunion, la petite grotte qu'ils ont confortablement aménagée pour les vacances, est l'objet de larcins : à leur grand dam, quelqu'un dérobe leurs friandises et livres (dont une partie de la collection du Club des Cinq de Colin). La grotte ne comportant qu'une seule issue, comment l'individu peut-il s'y introduire sans qu'ils le voient ? Le casse-tête est ardu à résoudre. Ils ont beau placer du fil de soie collant devant l'entrée, rien n'y fait, le rôdeur continue ses visites sans même toucher à leur dispositif. C'est avec l'aide, involontaire, de l'espiègle Suzie, l'horripilante sœur de Jacques, qu'ils finissent par découvrir la solution du mystère. Si la situation était de prime abord aussi intrigante que frustrante, les Sept se montrent finalement ravis de ces tribulations inattendues qui auront permis, encore une fois, à la police de mettre la main sur un autre voleur, de sac postal celui-ci (*Le Clan des Sept et l'homme de paille*).

L'aventure frappe parfois directement à leur porte, de manière aussi soudaine qu'angoissante. Pierre et Jeannette se reposent dans la voiture de leur père, garée devant la gare, lorsque celle-ci est 'empruntée' par deux individus s'apprêtant à commettre un forfait. Ne se doutant pas de la présence des enfants, couchés sur la banquette arrière dans l'obscurité, ils discutent d'un plan énigmatique. M. Dufour n'entendant pas porter plainte pour le vol de sa voiture, les Sept décident de saisir de l'affaire. Leur travail patient et fructueux leur vaut d'ailleurs une récompense importante et inespérée, 300 pièces de feu d'artifices offertes par les gendarmes, qui tombe particulièrement bien puisque leurs propres fusées ont été détruites dans un incendie causé accidentellement par Moustique (*Le Carnaval du Clan des Sept*).

À une autre occasion, c'est M. Dufour qui signale à ses enfants un cas intéressant. Un article dans le journal a attiré son attention : une écolière, prénommée Elisabeth, aurait volé de l'argent à un de ses professeurs et a fuit quand les gendarmes se sont présentés chez sa tante avec qui elle vivait. Sa grand-mère habitant Blainville, M. Dufour suggère que leur société secrète se mette à la recherche de la petite fille, preuve de la confiance qu'il place dans les capacités et le sérieux des jeunes membres du Clan (*Le Clan des Sept à la rescousse*).

Une fois encore, pour ne pas rester inactifs entre deux enquêtes, nos jeunes limiers décident de prendre le taureau par les cornes en observant discrètement les faits et gestes de leurs concitoyens, choisis au hasard dans la ville, pour perfectionner leurs méthodes d'investigation (filature discrète, description précise d'un individu). Cette audacieuse initiative se révèle payante puisque, au cours de leurs exercices, il se passe enfin quelque chose de pas ordinaire, au détour d'une mésaventure subie par le pauvre Georges. « *Cette fois-ci, nous sommes allés au devant des événements* », déclare fièrement Pierre aux policiers à qui ils racontent leur histoire (*Un exploit du Clan des Sept*).

Même si leur société est secrète et qu'ils ne doivent sous aucun prétexte en discuter avec leurs camarades d'école, ils font un peu figure de célébrités locales. Les autres élèves les regardent avec envie lorsqu'ils arborent leurs insignes en classe « *sachant qu'ils vont accomplir un autre de leurs exploits* », et le brigadier de gendarmerie les connaît bien également, les félicitant souvent pour l'aide précieuse qu'ils apportent à ses services.

La vie des Sept est bien remplie et ils doivent jongler en permanence entre leur captivant « travail » de détectives amateurs et des activités beaucoup plus triviales qu'ils ne peuvent esquiver, comme les devoirs scolaires, leurs parents ayant la fâcheuse manie de ne pas plaisanter avec un bon bulletin. Ils les aident aussi fréquemment à laver la voiture familiale, balayer les allées du jardin ou exécuter de menues tâches ménagères. Ceci explique, en l'absence d'affaire urgente, que de longues périodes peuvent s'écouler entre deux réunions. Nous sommes à la fin des années 1940 lors des premières aventures du Clan et l'ambiance de l'époque imprègne les conventions sociales. La discipline domine les relations inter-générationnelles, même si l'amour entre parents et enfants ne manque pas, et les Sept s'y conforment généralement. « *On ne peut pas refuser de répondre aux parents quand ils demandent les choses sur un certain ton* », constatent-ils ainsi au cours d'une aventure, excusant Jacques d'avoir du révéler à sa mère des informations sur une de leurs missions. Une autre fois, Pierre aurait souhaité demeurer dans la remise mais leur jardinier a reçu de M. Dufour la consigne de la repeindre. Il n'a plus alors qu'à s'incliner, sachant pertinemment que lorsque « *son père donnait un ordre, il entendait être obéit* ». Mme Dufour ne veut pas non plus que les enfants dérangent leur père quand il lit le journal à table. Quant au père de Georges, il déteste les fortes têtes et élève strictement son fils, n'hésitant pas à coller à son rejeton des claques retentissantes lorsqu'un homme se plaint de celui-ci. Les garçons et les filles du groupe fréquentent des établissements scolaires séparés, à Blainville, et portent un uniforme. Les premiers arborent une tenue classique composée d'un blazer, d'une cravate et de culottes courtes et les filles, un manteau, un chemisier blanc, une jupe et un béret. Leurs aventures sont également colorées par le rythme des saisons : alternant vacances d'été, de Pâques ou de fin d'année et les périodes scolaires avec son lot de compositions épineuses et de leçons à apprendre. Dix de leurs aventures se déroulent d'ailleurs pendant l'année scolaire. Si la publication des romans s'étale sur plus d'une décennie, nos limiers en herbe ne vieillissent guère cependant d'un volume à un autre.

Mais il est temps de présenter en détails la petite bande. Les enfants du Clan ont tous un caractère bien défini, même si certains sont plus discrets ou jouent rarement un rôle décisif. Débrouillard et membre de premier ordre du groupe dont il est le chef incontesté, Pierre est aussi très à cheval sur les règles et personne ne jouit de passe-droit que ce soit ses amis ou sa sœur. « *Tu oublies toujours. Il est temps que tu reçoives une leçon. Je ne te permettrais pas d'entrer si tu ne sais pas le mot de passe* », menace-t-il une fois à Jeannette. Agacée par son attitude, sa sœur refuse peu après de demander des biscuits à leur mère mais le garçon répond du tac au tac: « *Je suis le chef du Clan des Sept. Obéis aux ordres,*

Jeannette ». Non, Pierre tolère assez mal que l'on mette en cause son autorité. Il adore d'ailleurs avoir le dernier mot et préfère finir une mission que de se laisser distraire. « *Le travail passe avant le plaisir* », dit-il à Georges, qui voulait faire une pause pour goûter. Lorsque celui-ci est obligé de démissionner du Clan, il ne veut pas que les autres le tiennent au courant de la mission en cours mais, cette fois-ci, un vote unanime le met en minorité et il est obligé de s'y plier. Un certain nombre de décisions du Clan (comme choisir un nouveau local), sont, en effet, soumises à des votes collectifs.

Il n'hésite pas non plus à tancer tout son petit monde si tout ne marche pas bien et, plus souvent que les autres, Pam et Babette. Mais si les membres contestent rarement ses décisions, c'est que Pierre se montre intelligent, courageux et coordonne efficacement les actions de chacun. Il suscite l'adhésion de ses troupes et son aura grandit encore lorsqu'il a l'idée de se déguiser en mannequin de Carnaval pour observer le café *Chez Simon*, tassé dans une brouette en face de l'établissement. « *Bien, dire les trois garçons, qui obéissaient toujours aux ordres de Pierre et admirait ses qualités de chef* ». Une autre fois, il fait étalage avec brio de ses dons de déduction, relevant une foule de détails qui ont échappés à Jacques lors d'une visite à La Châtaigneraie, une grande et belle maison inoccupée depuis plus d'un an. Il y remarque une plante verte et vigoureuse, une primevère, qui n'offre pas l'aspect desséché d'une bouture restée sans soin depuis des mois, mais aussi la présence d'une pendule au tic-tac joyeux. Or, pour fonctionner, celle-ci devait être remontée toutes les huit heures. Non quelqu'un habitait secrètement la demeure. Et lorsqu'il raconte tout cela aux membres : « *Ils fixèrent sur lui des regards éperdus d'admiration. Le Clan pouvait être fier de son chef. Il s'était conduit comme un détective de premier ordre* ». Il demeure cependant modeste et, écarlate, demande à Jacques d'arrêter ses éloges (*L'Avion du Clan des Sept*).

À côté de ses devoirs, Pierre fait aussi de petits travaux pour la maison tel que débiter des branches de bois pour allumer le feu, corvée qui lui incombe tous les jeudis matin et dont il est ravi d'être distrait quand ses amis viennent l'interrompre pour lui parler d'une affaire. Mais s'il ne manque pas de qualités, et se montre souvent plus détendu avec sa sœur quand ils sont seuls chez eux, Pierre n'est pas très soigneux de sa chambre, ce qui lui attire les remontrances de son père. Il oublie à une occasion, cas rarissime, de fermer la porte de la remise à clef, permettant à un voleur de puiser dans leur caisse, et ne cesse ensuite de s'en faire l'amer reproche. Outre une tendance à être autoritaire, il affiche aussi parfois une certaine impulsivité. Son emportement est ainsi la cause d'une vive dispute avec Jacques, chose qu'il regrette rapidement mais le mal est fait. Honteux de sa colère, il tente les jours suivants « *d'imiter sa sœur qui était d'un calme à toute épreuve* ».

Jeannette a un caractère, en effet, plus posé que le chef du Clan et calme souvent le jeu lorsque son frère monte sur ses grands chevaux. Elle est très présente à ses côtés pour l'organisation des réunions. Ensemble, ils prennent soin de la remise et disposent les sièges et une petite table pour leur traditionnel goûter. Elle s'occupe aussi souvent des rafraîchissements et adore préparer de la limonade avec de l'eau, du sucre et des citrons. « *C'est ma spécialité* », dit-elle une fois avec fierté. Elle aime énormément les animaux, dont un adorable ourson, rencontré dans un cirque, et qu'elle aimerait bien emporter chez elle, et se montre profondément abattue lorsque Moustique disparaît. Compatissante, c'est elle qui coupe spontanément une tranche de pain et de viande pour Jean-Paul, qui est affamé après sa fugue. Sa patience est, par contre, mise à rude épreuve à plusieurs reprises par Suzie, qu'elle n'apprécie pas du tout.

Dotée d'une excellente mémoire, elle fait preuve également de bonnes initiatives (relever des traces dans la neige), et suscite l'admiration de Pierre lorsqu'elle découvre comment des malfaiteurs opèrent pour détourner des wagons de marchandises. Elle est la plus vive et la plus ingénieuse des membres féminins du Clan, bien qu'elle soit souvent sous la férule de son frère, et pouffe bien moins de rire que ses deux camarades, Pam et Babette.

Georges et Colin prêtent quelques fois à confusion. Les deux compères ont presque la même voix, si bien que même Pierre n'arrive pas à les distinguer de l'autre côté de la porte de la remise. Néanmoins Colin tient une part plus déterminante dans la résolution des enquêtes que Georges. Il fait souvent de grandes découvertes, parfois involontairement mais la chance semble lui sourire. Il s'aperçoit ainsi, alors qu'il est au sommet d'un arbre, de la présence d'un voleur de bijoux alors que les Sept jouent aux Indiens. Signe de confiance, il monte la garde à différentes reprises et participe fréquemment aux équipées nocturnes du Clan. Il aime par ailleurs les aventures du Club des Cinq et les bateaux, et se révèle poète à ses heures perdues, écrivant un sonnet vengeur et narquois sur Nicole, une amie de Suzie, qui avait osé se moquer du Clan.

De son côté, même s'il est plus en retrait, Georges ne reste pas pour autant inactif. Il a de bonnes intuitions et un certain sens de l'observation. En scrutant une empreinte de pas, il en déduit ainsi avec justesse que l'homme, en sautant, a du tomber les talons en premier. Il se distingue particulièrement en accompagnant Jacques lors d'une sortie à la Grange aux loups, située en dehors de la ville. Alors qu'ils surveillent des hommes qui se sont nuitamment donné rendez-vous dans l'entrepôt désaffecté, il est surpris par ceux-ci. Croyant qu'il a été envoyé par un de leurs complices, il décide de jouer crânement le jeu et, bernés, les deux quidams lui confient un carnet remplies notes cryptées concernant leur prochain forfait. Une autre fois cependant, une affaire tourne au vinaigre. Suivant les consignes de Pierre, il entreprend de filer un passant dans la rue. Malheureusement, il est surpris dans son exercice par un jeune homme désagréable, qui le ramène manu militari chez lui. Ses parents sont furieux mais le pire est encore à venir lorsque son père l'oblige à démissionner du Clan. C'est la mort dans l'âme que Georges quitte ses amis, aussi désemparés que tristes que lui. En attendant son retour, qui ne manque pas, Pierre nomme Moustique membre de leur société, le Clan a retrouvé son chiffre magique de sept et l'épagneul est tout heureux de cet honneur !

Membre important du Clan, Jacques est assez proche de Pierre. Celui-ci lui confie, à quelques reprises, des missions importantes, témoignage de la confiance que lui porte le chef du groupe. Ingénieux et courageux, il participe activement aux recherches, expéditions et enquêtes du Clan. La vie serait belle pour lui s'il n'était pas affligé d'une sœur cadette, Suzie, qui lui cause bien des soucis. Personnage récurrent et Némésis du Clan, la fillette apparaît régulièrement dans les aventures des petits détectives, et interagit souvent avec Jacques et leur mère dans l'intimité de leur maison. Son vœu le plus cher est de faire partie de la société secrète mais, comme Jacques s'évertue à le lui répéter, ils ne peuvent pas prendre un huitième membre car ils ne seraient plus alors le Clan des Sept ! Peu sensible cependant à la logique de l'argument, Suzie tente avec une constance remarquable de se venger de ce refus en leur mettant des bâtons dans les roues. Audacieuse et intelligente, elle n'hésite pas non plus à tenir tête à Pierre. Elle essaye inlassablement de connaître le mot de passe des réunions pour le claironner devant la remise et les faire enrager. Jacques a beau faire attention (mais il a aussi la malchance de parler dans son sommeil…), Suzie, fine mouche, y parvient plusieurs fois. Elle subtilise même parfois son insigne. Rien ne l'arrête ! Jamais en manque de mauvais tours, elle a même l'audace de les concurrencer directement sur leurs terres de prédilection, en créant rien de moins qu'une société rivale, empruntant le nom d'un groupe connu, le Club des Cinq. Imitant le Clan, elle arbore, avec quatre amis, un bel insigne, deux lettres brodées sur un bouton, C.C. « *Nous avons choisi ce nom à l'instar des fameux héros qui ont tant de belles aventures. C'est beaucoup mieux que 'Clan des Sept' !* » explique Suzie, exaspérant encore plus son frère même si Pierre ne les prend pas très au sérieux. « *Ne t'occupe donc pas d'elle,* conseille-t-il à Jacques. *D'abord, ils n'ont pas le droit de s'appeler le Club des Cinq ! Il en existe déjà un. Bah ! ils seront vite fatigués de jouer à la société secrète.* » Mais Jacques ne peut se résoudre à ignorer Suzie et celle-ci en profite pour s'amuser à ses dépens, en lui laissant croire qu'ils sont déjà sur une enquête excitante. Plutôt crédule, le pauvre Jacques tombe aussitôt dans le piège et s'en va faire le guet inutilement. Mais finalement, cette invention rusée se retournera contre elle et mettra le Clan sur la piste de vrais voleurs.

Une autre de ses interventions sera encore plus néfaste, puisqu'elle provoquera la démission de Jacques. En effet, après être parvenue une nouvelle fois à découvrir le fameux mot de passe, Suzie n'hésite pas, avec l'aplomb qui la caractérise, à se rendre au QG du Clan et amener avec elle un jeune anglais de passage, Fifi, qui séjourne chez eux. C'est la goutte d'eau qui fait déborder le vase pour Pierre, qui s'en prend vertement à Jacques, l'accusant d'être négligent avec sa sœur. Furieux à son tour et trouvant les remontrances injustes, Jacques démissionne et jette son insigne aux pieds de son chef à la stupeur de tous les membres. « *Maintenant vous serez le Clan des 6* », s'exclame-t-il avant de sortir, la tête basse et les larmes aux yeux. « *Quitter le Clan… Jamais rien ne lui avait coûté autant !* » Le reste du groupe reste médusé et attristé, jamais ils ne s'étaient disputés de cette façon et tout ça à cause de Suzie ! Mais les choses finiront par s'arranger et Jacques mettra tout son cœur pour ramener Moustique à ses jeunes maîtres accablés par sa perte.

Parfois une trêve survient entre le Clan et Suzie et elle les autorise même une fois à jouer avec elle avec l'avion téléguidé qu'elle a reçut en cadeau, et même s'il faut en passer par ses caprices. L'ayant accusée à tort dans une autre affaire, les Sept, un peu honteux de leur comportement, décident de se faire pardonner en l'invitant à leurs réjouissances du 14 juillet. Non seulement, elle partage leur goûter, avant de faire éclater de belles fusées avec eux, mais elle est enfin admise dans la remise après prononcé le fameux mot de passe, qu'ils lui ont communiqué, une chose qu'elle souhaitait tant (*Le Feu d'artifices du Clan des* 7). Malgré tout, Jacques aime bien sa sœur et ne veut par, par exemple, qu'ils utilisent le mot de passe « Mouchard » en référence à Suzie.

En comparaison des autres membres, Pam et Babette se montrent bien moins incisives et se fondent dans l'arrière plan. Elles sont presque difficiles à distinguer, même si Pam a deux nattes tandis que Babette laisse retomber ses cheveux sur les épaules, tant leurs actions et leur tempérament les rapprochent. Elles sont d'ailleurs inséparables et mènent généralement leurs missions ensemble. Elles passent beaucoup de leur temps à pouffer de rire. Babette est aussi craintive, pleure rapidement mais fait preuve de bonne volonté pour aider le Clan. Pam se révèle un peu plus réfléchie que son amie même si elle est aussi régulièrement réprimandée par Pierre, dont la patience n'est pas le point fort, comme lorsqu'elle pousse un petit cri de peur qui attire l'attention de Jean-Paul. Quand celui-ci s'éloigne, Pam s'excuse. Pierre la pardonne mais répond que la prochaine fois, il la renverra de leur société secrète. « *Pense donc, le premier jour, révéler la place de notre maison dans l'arbre, c'est bien d'une fille !* » Mais sa répartie s'attire l'indignation de Babette et Jeannette, qui s'exclament : « *Nous ne crions pas, nous. C'est Pam qui glapit. Elle le fait toujours en classe* ». Celle-ci devient alors rouge comme une pivoine. Pierre lui donne souvent dans ces cas là, comme les autres membres du Clan lorsqu'ils sont mécontents d'elle, son prénom complet, Paméla, qu'elle a hérité d'une grande tante, et qu'elle déteste. Mais il lui arrive, de temps en temps, de se montrer douée et elle interroge judicieusement sa grand-mère sur un suspect. Elle parvient aussi à trouver le nom d'un individu louche et elle est heureuse que tout le monde la félicite. Même Pierre lui dit à cette occasion « *qu'il a quelques fois pensé qu'elle ne méritait pas de faire partie de leur Clan mais il s'aperçoit qu'il se trompait. Il finit en disant qu'il ne l'appellera plus Paméla.* » (*Le Carnaval du Clan des Sept*).

Leurs opiniâtreté et perspicacité ne sont pas les seuls mérites des membres du Clan. Ils ne ménagent pas non plus leur peine pour venir en aide aux gens dans l'embarras ou en difficulté, offrant un côté bon Samaritain qui rend la petite bande attachante. La première mission du Clan est d'ailleurs de réunir des fonds pour aider un jeune garçon handicapé, Luke, et lui offrir des vacances avant une difficile opération de la jambe (*The Secret of the Old Mill*). Ils se mettent aussi en quatre pour récupérer les médailles dérobées à un malheureux garde-champêtre à la retraite, bien marri d'avoir perdu ses trophées (*La Médaille du Clan des Sept*). Ils secourent un couple de forains et leur fils aveugle, Alain, dont la maison a brûlé dans un incendie, et font tout leur possible pour que l'enfant intègre une école spéciale où il pourra développer ses dons de musicien (*Le Violon du Clan des Sept*). Ou ils permettent encore à un vieux couple démuni de recouvrir un logement. À cette occasion, « *Pierre se sentait très fier des membres de son Clan. Ils étaient tous généreux et charitables* ». Oui, les Sept furent de fins limiers au grand cœur.

(Élisabeth Campos)

Illustration de couverture de Langlais, 1959.

BIBLIOTHÈQUE ROSE

UN EXPLOIT
DU CLAN DES SEPT

ENID BLYTON

LE MESSAGE D'ISIS DOIT RETROUVER SON
ÉTUI CE SOIR AVANT MINUIT, MÊME ENDROIT.
SILENCE ABSOLU. ISIS NE PARDONNE PAS.

Illustration de Philippe Daure pour Michel mène l'enquête, *1958.*

Chapitre dix

Michel

Les années 1950-60 : le temps d'un âge d'or déjà oublié du roman policier français, gommé de l'Histoire lorsque Manchette et le néo-polar débarquèrent à la fin de la décennie suivante, tout comme le cinéma policier en noir et blanc se trouva soudain déclassé et relégué au rôle de post-scriptum de l'histoire du cinéma lors de l'arrivée de la Nouvelle Vague.

En ces *Fifties* et *Sixties* françaises, pourtant, d'excellents romanciers faisaient carrière et leurs héros, flics, privés ou simples amateurs, ne manquaient pas d'être massivement lus. Las, qui se souvient encore de Raymond Las Vergnas, de Jacques Decrest, de Louis C. Thomas, de Noël Vindry, de Jacques Ouvard… ? Presque seul, le biographe du commissaire Maigret, Georges Simenon, continue à briller au panthéon des grands du roman policier.

Et puis tout de même, un autre nom ne semble pas s'être totalement effacé : Georges Bayard (1918-2004). Un nom qui doit tout à un prénom : Michel.

Enseignant, Georges Bayard mena une longue activité d'écriture parallèlement à cette carrière dans l'Éducation nationale, de 1952 à

1988. Et presque toute au catalogue d'une collection phare de la littérature pour la jeunesse : la « Bibliothèque verte », chez Hachette.

Ah voilà, vous y êtes : aux côtés des Six compagnons par Paul-Jacques Bonzon, de Langelot par le Lieutenant X, des Alice par Caroline Quine, de Bennett par Anthony Buckeridge ou des Trois jeunes détectives par Alfred Hitchcock… les Michel de Georges Bayard furent l'un des indéboulonnables socles de la célèbre collection verte.

Prof à Anthny, dans les Hauts-de-Seine, durant la plus grande partie de sa carrière, Georges Bayard eut-il le jeune Michel Thérais comme élève ? Pourtant, Michel vivait en Picardie, et Georges Bayard n'avait été à Amiens que durant les années 1930, le temps de passer son diplôme à l'École Normale d'instituteurs.

Ou bien plus simplement, est-ce l'éditeur de la « Bibliothèque verte » qui, poussant à la rédaction d'adaptation de la vie de différents jeunes détectives, proposa à Bayard de se faire le biographe officiel de Michel Thérais ?

Brillante suggestion, en ce cas, car des premières enquêtes du jeune Thérais, l'écrivain Bayard tira la matière puis l'inspiration de l'une des séries les plus longues du domaine.

Nous disons bien : l'inspiration. Car bien entendu, si Michel n'a que 15 ans lors de son premier exploit, romancé en 1958 par Georges Bayard (*Michel mène l'enquête*), il n'est guère probable que le garçon ait vécu beaucoup plus d'enquêtes que la poignée des premiers volumes qui lui furent consacrés. Une étude un peu serrée des congés de vacances scolaires du jeune homme ne permet pas, en fait, d'imaginer que les romans publiés au-delà de 1962 ou 1963 furent jamais autre chose que des fictions. L'auteur d'ailleurs ne s'en cachait guère, qui « figea » son héros dans cet âge de 15 ans, sans évolution notable.

*

« La demeure des Thérais, La Marguillerie, est une grande bâtisse sur laquelle veillent les services compétents des Beaux-Arts et des Monuments historiques. L'îlot qu'elle forme, au milieu d'un grand parc, est, avec une église abbatiale, une entrée monumentale et un mur de pierre blanche de plus d'un kilomètre de long, tout ce qui reste d'intact d'une abbaye importante, fondée à Corbie, en 662, par la reine Bathilde, épouse de Clovis II.

À l'étage du corps principal d'habitation, un long couloir suit la façade nord. Alors que la plus grande partie de cet étage a été aménagée depuis toujours, semble-t-il, pour l'habitation, une immense salle, très peu éclairée, interrompt le couloir en son milieu. Cette sorte de grenier a été partagé, à l'aide de cloisons à claire-voie, par les troupes qui, en 1940, y étaient cantonnées. La succession des cloisons évoquait assez bien l'atmosphère ténébreuse de certaines prisons médiévales. »

Corbie : c'est le nom de la petite ville de Picardie où vit Michel Thérais, dans cette belle et grande maison familiale. Son père est un chercheur en chimie, Lucien Thérais, et sa mère Claire Thérais, née Darvières, qui tient le foyer avec l'aide de cette bonne Honorine.

Lors du premier roman, les jumeaux Yves et Marie-France, âgés d'une dizaine d'années, jouèrent un petit rôle, mais la nature dangereuse de toute enquête policière les mit ensuite à l'écart – les récits de Georges Bayard, en digne contemporain de Simenon, ne manquaient pas d'une certaine violence, ses jeunes héros prenant quelques coups et se faisant très souvent enlever. Saboteurs, espions industriels, contrebandiers, faux monnayeurs, cambrioleurs… Les adversaires de Michel et de ses amis n'étaient pas des enfants de chœur.

Car, bien sûr, Michel Thérais ne fut jamais seul : son cousin, le blond Daniel Derieux, et leur meilleur copain le jeune mécanicien Arthur Mitouret, un brun bouclé à lunettes, formèrent avec lui un trio vite inséparable. Dolent et gourmand, Daniel le gros dormeur ne manquait pas plus de courage que ce débrouillard d'Arthur, à l'esprit pratique et aux talents mécaniques souvent utiles durant leurs enquêtes.

Croisée dès que le deuxième roman, la nageuse Martine Deville, qui vivait à Amiens, devint plus tard une présence récurrente des textes de Georges Bayard, de même que Cristina Perrini,la correspondante italienne de Daniel – mais leur rôle relativement effacé provenait-il de la société de l'époque, ou bien de la nature fictive d'une partie des récits, où l'auteur eut envie d'ajouter une présence féminine, un peu plus moderne ?

Nous avons évoqué Simenon : une certaine manière de dire, un goût certain pour les ambiances et une belle plume dans les descriptions inscrivirent Bayard dans la lignée du grand écrivain belge.

« *Ils gravirent le talus herbeux et arrivèrent sur le ballast. Personne n'était en vue sur les deux voies aussi loin que la vue pouvait porter, d'un côté comme de l'autre. On apercevait, au-delà des barrières rouges et blanches d'un passage à niveau, l'animation normale d'une gare, mais il n'y avait aucun danger de surprise de ce côté-là. Rapidement, les garçons gagnèrent le milieu de la première travée et s'accoudèrent au parapet, dans l'abri aménagé pour les cheminots.*

Devant eux, à leurs pieds, le canal de la Somme s'étendait, paisible entre deux rangées de peupliers, que le pont dominait d'au moins une dizaine de mètres. Plus loin, les étangs, frangés de roseaux dorés, s'allongeaient le long de la vallée, avec leurs îles et leurs abris rustiques pour la pêche ou la chasse au canard, selon la saison. Sur la gauche, en faisant face à la ville, un autre rideau de peupliers masquait la Marguillerie, dont on n'apercevait guère que le sommet de la tour Condé. »

Le Café de la Marine, les canaux : *Michel poursuit des ombres* (1961) est certainement le plus symptomatique de cette influence…

« *Les deux cousins s'arrachèrent à ce spectacle et continuèrent à avancer le long du chemin de halage. L'herbe l'envahissait par places, car il n'était plus guère utilisé, ni par les chevaux ni par les tracteurs. Presque toutes les péniches étaient automotrices, maintenant. Sur une centaine de mètres, un quai de pierre formait la rive opposée. Large d'une vingtaine de mètres, il longeait le mur d'enceinte d'une usine – la filature désaffectée que les deux cousins avaient aperçue, le matin, du haut du pont –, un mur de brique, intact, mais noirci par le temps. Sur le faîte du mur, une triple rangée de barbelés, fixés à des poteaux de fer, complétait la clôture. Derrière ce mur, apparaissait le toit en dents de scie des ateliers, avec ses verrières, encore enduites de « bleu solaire ». Et plus loin, le toit rouge de la villa repérée par Daniel.* »

Jamais d'ailleurs les atmosphères seront-elles plus véridiques dans ces premiers romans : *Michel et le brocanteur* (1961), aussi, figure parmi les meilleurs titres de la série. Peut-être parce que, situés à Corbies, aux alentours de la Marguillerie, il s'agissait des romans les plus documentés… les plus véridiques ?

Ce qui ne signifie pas que des textes plus tardifs déméritèrent : en vérité, on est plutôt étonné avec le recul de la qualité de cet auteur « pour la jeunesse », qui va bien au-delà des clichés de son époque et du genre dans lequel il s'inscrivait, pour livrer sans forfanterie d'excellents romans policiers. Paraissant en « Bibliothèque verte » vu l'âge de leurs protagonistes, ils n'auraient sinon pas spécialement dépareillé sous la couverture orange du Masque et s'incrivaient tout simplement dans le dessus du panier d'une certaine « littérature populaire ».

Un lectorat adulte serait avisé de les redécouvrir de nos jours – Hachette a cessé de les publier depuis 1996, en dehors de deux rééditions en 2015, mais ils se trouvent encore aisément d'occasion.

Au-delà des premières années et des premiers romans, Michel quitta le domaine du probable pour poursuivre sa trajectoire comme héros, non moins immuable qu'un Bob Morane par exemple. Passant de sport en sport comme prétexte pour chaque nouvelle aventure, le garçon et ses amis continuèrent à lutter contre les voleurs et les espions de tout poil jusqu'au départ en retraite de son supposé biographe.

Deux belles carrières.

(André-François Ruaud)

Illustration de couverture de Philippe Daure, 1961.

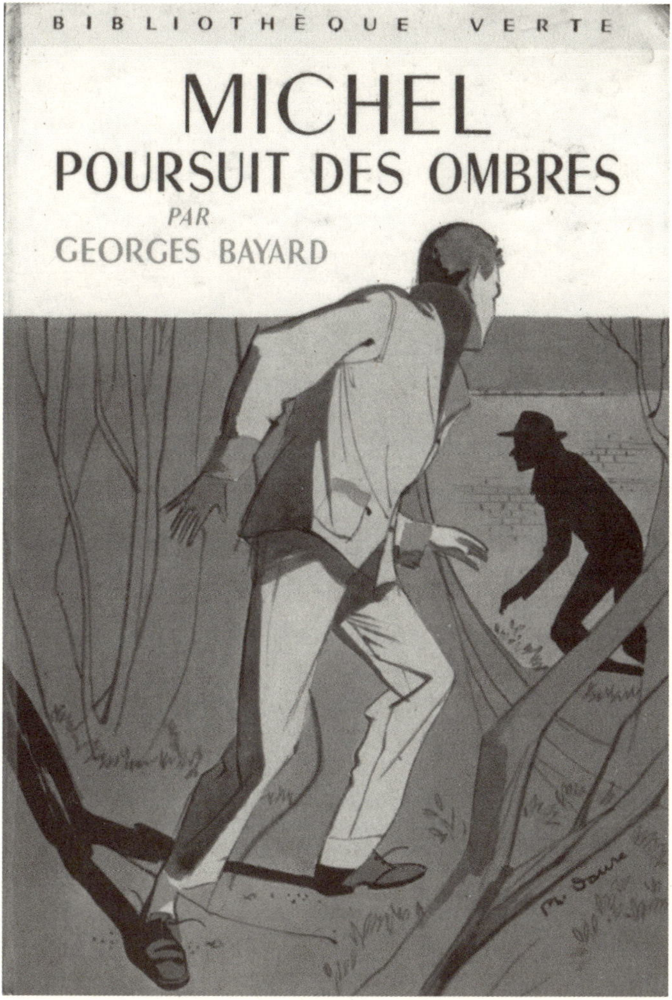
BIBLIOTHÈQUE VERTE
MICHEL
POURSUIT DES OMBRES
PAR
GEORGES BAYARD

Les filles et les garçons furent secoués par une décharge nerveuse.

Illustration de Jean Reschofsky pour Le Bout du monde, *1961.*

Chapitre onze

La bande à Gaby

« Les mystères se fabriquent tous seuls sans qu'on puisse s'en rendre compte. » *Le Cheval sans tête*

Pour la bande à Gaby, l'aventure a commencé un beau jeudi par un jeu grisant : la descente à toute allure du haut de la rue des Petits-Pauvres jusqu'au chemin de la Vache Noire sur un cheval gris pommelé, avec une petite selle peinte en marron, à trois roues métalliques dont la caractéristique était d'être démuni de tête. La pratique de ce sport « exclusif et farouche » n'était pas sans danger. En sus d'une arrivée en vol plané sur le talus du Clos Pecqueux, il y avait toujours le risque d'une collision. Et c'est bien ce qui arriva ce matin là à l'un des membres de la bande, « *la plus fermée des associations secrètes de Louvigny-Triage* », qui emplafonna la poussette à bouteilles du vieux père Zigon avec des conséquences catastrophiques pour la monture acéphale. Le cheval échangé à un chiffonnier contre trois paquets de gris, paraissait bien fichu. Fini les cavalcades dans les rues de la cité Ferrand ! La bande, désœuvrée, se rendit alors sur la place où se tenait un petit marché le jeudi et vient narguer un camelot, Roublot, un sale type suant la malhonnêteté avec qui Gaby avait eu des démêlés. Ce jour-là, Gaby, qui a remarqué que Roublot ne vend presque jamais rien, le soupçonne de menées pas très catholiques, d'autant que le camelot se montre visiblement inquiet de la présence sur le marché de l'inspecteur Sinet.

Mais il est grand temps de faire les présentations des membres de la bande. Il y a d'abord Gaby Joye, l'aîné et le « leader » qui frôle les douze ans et dont le père conduit des locomotives au dépôt SNCF de la gare de Louvigny-Triage. Puis, Fernand Douin, qui a reçu le cheval sans tête comme cadeau de Noël et son amie Marion Fabert, surnommée la fille aux chiens en raison de son dévouement à l'égard des chiens abandonnés qu'elle recueille, soigne et place chez des cheminots de Louvigny. Et encore Tatave Louvrier et son frère Bonbon, Juan Gomez dit l'espagnol, un gitan, Isidore Loche dit Zidore, Amélie Babin, l'infirmière de la bande, Berthe Gédéon et Criquet Lariqué, le petit négro du Faubourg Bacchus. Dix mômes de la banlieue parisienne à l'orée des années 1950, appartenant à des familles aux revenus modestes, dont le seul luxe est une tournée de « polonais », une espèce de pudding collant qui cale bien l'estomac...

La mésaventure de Tatave, auteur de la collision avec la poussette du père Zigon, se révèle moins catastrophique qu'il ne semblait de prime abord; le père de Fernand, cheminot, se proposant de faire réparer la fourche cassée aux ateliers de la traction. Mais le curieux comportement de Roublot le soir même, devant la maison où habite Fernand, mis en fuite par les molosses sifflés par Marion, n'annonce rien de bon, sinon l'aventure qui transformera les sept gamins et les trois filles en détectives.

Le cheval sans tête réparé – comme le dit Marion qui est chargée de réunir les cinq cent francs que coûtent les séances de cinéma du dimanche : « *le ciné ne vaut pas le cheval* » – et aussitôt étrenné, suscite des convoitises, la présence louche de deux malabars en canadienne, avant d'être dérobé par les occupants d'une camionnette.

C'est alors que la bande mènera campagne pour retrouver le cheval volé, en utilisant tous les tours et astuces des limiers les plus chevronnés : guerre psychologique à l'encontre d'un suspect, séance collective de questionnement et de déductions d'ailleurs couronnée par la découverte d'un indice capital, fouille en règle du lieu désigné par cet indice et même bataille contre une bande de gangsters, la fameuse bande du braquage du Paris-Vintimille.

Mais les mômes de Louvigny-Triage ne sont pas les seuls enquêteurs de ce roman policier pour la jeunesse. Il y a aussi un inspecteur de police, l'inspecteur Sinet, qui traverse toute l'affaire – et tout le roman qui en sera tiré –, bien avant même que les enfants viennent au commissariat porter plainte pour le vol de leur monture de cascadeurs. Quoique son commissaire ne prenne guère au sérieux l'affaire du cheval, Sinet mène lui aussi un embryon d'enquête qui le fait rôder dans le sillage de la bande. Il est surtout présent à la fin du siège de la manufacture Billette (accessoires de cotillon en tous genres) pour coffrer les gangsters. Et même après, dans les chapitres terminaux, où se dessinent les linéaments d'une amitié peu commune entre les dix et le policier au visage chevalin.

Le Cheval sans tête, le roman qui contait la première aventure de la bande à Gaby était l'œuvre de Paul Berna et avait paru en juin 1955 dans la « Bibliothèque Rouge et Or » (qui deviendra ensuite la collection « Souveraine ») des éditions GP. C'était le quatre-vingt neuvième titre de cette collection qui avait révolutionné par la qualité de sa présentation la littérature jeunesse en 1947 à sa création. Paul Berna y avait déjà donné deux romans de science-fiction : *La Porte des étoiles* et *Le Continent du ciel*. Avec *Le Cheval sans tête*, Paul Berna venait de trouver sa voie.

Il avait écrit l'un des tous premiers grands romans policiers pour la jeunesse, devenu depuis un classique (Yvonne Escoula, seule, l'avait précédé de peu avec *Sur la Piste du mûrier* en 1953 et *Six Chevaux bleus* en 1954, tous deux parus dans la « Bibliothèque Blanche » chez Gallimard. Pierre Véry suivra, lui, en 1960). Comme dans tout bon roman policier, ce qui prime ici, c'est l'intrigue, son déroulement et les rebondissements qui la ponctuent. Paul Berna a tissé avec maestria les deux fils qui la composent : celui qui s'ordonne autour de la bande à Gaby et celui qui met en scène l'inspecteur Sinet, entremêlés très adroitement avec un art consommé du suspense et de la divulgation. Mais il n'y a pas pour autant sacrifié les personnages et il ne manque au roman ni les notations sociétales prodiguées sans lourdeur, ni l'humour, ni même quelques scènes surréalisantes comme le mardi gras de la manufacture Billette ou la multiplication des chiens que Marion commande à deux reprises. Sans compter la tendresse que l'auteur manifeste envers sa petite bande...

Le Cheval sans tête obtenait en 1955 le prix le plus important décerné alors à un ouvrage pour la jeunesse : le grand prix de la littérature enfantine attribué au Salon de l'Enfance, quoique certains prescripteurs adultes lui aient reproché son style familier semé de quelques mots d'argot et de formules à l'emporte-pièce.

Le roman fut traduit en Angleterre en 1955 sous le titre *A Hundred Million Francs* et publié chez Bodley Head avec des illustrations de Richard Kennedy. L'une de ces illustrations figurant Marion, la fille aux chiens, a eu un singulier effet : Philip Pullman a déclaré sur son site que l'héroïne de *La Croisée des mondes*, Lyra, lui avait été inspirée par cette image (cf. in *Les Mondes magiques de La Croisée des mondes* de David Colbert, Le Pré aux clercs)

En 1963, le roman fut adapté au cinéma par la firme Walt Disney. Mis en scène par le réalisateur britannique Don Chaffey, sur un scénario de T. E. B. Clarke, *The Horse Without a Head* était interprété par Jean-Pierre Aumont dans le rôle de Sinet, Pamela Franklin das celui de Marian, Peter Vaughan dans celui d'un sergent de police, Herbert Lom, Leo McKern, Lee Montague, Vincent Winter, Denis Gilmore, Sean Keir, Loretta Parry. Il fut distribué en France sous le titre *L'Affaire du cheval sans tête* en mars 1964.

Mais déjà, Paul Berna, qui plus tard n'apprécierait guère l'adaptation de l'usine Disney, avait continué à suivre les aventures de la bande à Gaby avec un deuxième titre : *Le Piano à bretelles*, publié dans la « Bibliothèque Rouge et Or » en 1956. Le roman débute par le récit de l'irrémédiable anéantissement du cheval sans tête, monté cette fois encore par le peu chanceux Tatave. À l'instigation de Marion, la bande partira à la recherche d'une « *affaire aussi passionnante que celle du cheval* ». Mais la chasse au mystère se révèle tout d'abord bien décevante, sauf pour Fernand qui entreprend de fouiner aux alentours de l'entreprise Bollaert et se fait menacer d'une sévère correction. C'est une annonce parue dans *L'Express de Louvigny* et remarqué par Criquet qui la trouve « *oune peu bizarre* » qui mettra la bande sur la piste d'un accordéoniste aveugle au comportement pour le moins intrigant. De surcroît, le chien de l'aveugle n'est autre que le

Nanar fourni par Marion à l'auteur de la petite annonce, un certain M. Théo au comportement plutôt louche, mais un Nanar déguisé, au poil désormais teint en noir. Nos jeunes limiers – le chapitre VII s'intitule « Le Club des détectives » – vont s'attacher aux pas de celui qu'ils ont surnommé, à l'instar des gens de la rue, Fantômas, observer soigneusement son manège et noter que chaque après-midi, il « *prospectait lentement et patiemment* » les rues de Louvigny et qu'à chaque station, il « *jouait avec une régularité presque méthodique un air envoûtant* » : « Pour deux sous d'amour ». La fine Marion formulera ce qu'il convient de déduire de ces informations recueillies : « *L'aveugle cherche quelqu'un à Louvigny* ». Mais qui et pourquoi ?

Nos détectives en herbe avanceront d'audacieuses hypothèses, nourries par le fait que s'agitent autour de l'aveugle deux bandes d'hommes louches : les durs de l'entreprise Bollaert et les hommes de main du père Théo. Ils découvriront au final qu'ils ont commis « *une grosse erreur d'appréciation* » et que les apparences sont parfois trompeuses. Le tout se conclura par une fête populaire joliment campée et sur une note de légende urbaine.

Ici, l'inspecteur Sinet ne fait qu'une brève apparition : toute l'enquête est conduite par la bande qui organise savamment ses filatures; ce qui la conduira jusqu'à trouver la rue oubliée. Derrière l'intrigue policière au résultat surprenant, se profile une leçon de tolérance et de générosité du même type que celle que déploiera Pierre Véry dans *Signé Alouette*.

Si Paul Berna mettait en scène l'inspecteur Sinet dans un roman de 1957, *Le Kangourou volant*, qui se déroule dans l'aérogare d'Orly en l'espace de quelques heures, il ne devait retrouver la bande à Gaby qu'en 1961 avec *Le Bout du Monde*.

Les enfants de la bande ont grandi : Gaby et Zidore travaillent et économisent pour s'acheter un scooter. Tous deux estiment avoir passé « *l'âge des mômeries* ». La bande est à deux doigts d'éclater. C'est encore une fois Marion qui aura l'idée mirobolante pour ressouder toute l'équipe autour d'un projet commun : acheter une voiture et partir au bout du monde, c'est-à-dire au-delà de ce coin de banlieue, qui, en quelques années, a bien changé. Tous feront bourse commune – chacun à son niveau – pour payer les leçons de conduite de Gaby qui a atteint l'âge minimal pour passer le permis de conduire, acheter et retaper une vieille voiture, une Citroën C6 carrossée en commerciale. Patrice, le garagiste qui leur a vendu la Citroën, leur propose de gagner quelques sous en faisant des courses pour lui : porter des stocks de ferraille chez divers garagistes des alentours.

Mais cette proposition en apparence anodine cache une carambouille qui compromettra le départ de la familiale, surnommée la « Pas sans mal », vers d'autres horizons que la grande banlieue. Et il faudra une intervention préventive de la maligne Marion pour que le désormais commissaire Sinet n'inculpe pas la bande pour un trafic dont ils n'ont été que des complices involontaires.

Dans *Le Bout du monde*, l'intrigue a changé au même titre que l'âge des protagonistes, même si ici aussi les chiens de Marion joueront un rôle crucial à un moment dramatique du récit. La bande à Gaby a affaire cette fois à quelques uns de ces crocodiles en eau trouble qui sévissent de l'autre côté de la loi. Ses membres ne jouent pas ici les détectives : ils sont les protagonistes d'une affaire qui pourrait leur coûter cher.

C'est qu'entre-temps, Paul Berna s'est dédoublé en Paul Gerrard[1], auteur de romans policiers pour adultes et que le

1. Il avait déjà publié sous son vrai nom en 1948 une premier roman policier pour adulte, *Une Chance mortelle*, passé inaperçu, mais heureusement réédité par Maurice-Bernard Endrèbe en 1976.

premier roman qu'il a fait paraître sous ce pseudonyme dans la collection « Un Mystère » des Presses de la Cité, *Deuil en rouge*, a obtenu le grand prix de littérature policière et que concurremment à l'œuvre de Paul Berna, Paul Gerrard va dérouler jusqu'en 1971 une carrière d'auteur policier qui le place, avec des chef-d'œuvres comme *Aux Frontières de la peur, La Javanaise, Badaboum, La Porsche jaune, La fine Bouteille* ou *Les Incandescentes*, au tout premier rang des auteurs français du genre.

Paul Berna contera en 1962 la dernière aventure de la bande à Gaby, avec *La Piste du souvenir*. Celle-ci commence dans un camping de la forêt d'Orléans ; cette même forêt où la « Pas sans mal » était arrivée lors de l'échappée-belle interrompue par la gendarmerie dans *Le Bout du monde*. La « Pas sans mal », l'hippopotame à roulettes, et son équipage sont en route vers la Méditerranée. À l'étape, les enfants et les onze chiens qui les accompagnent font la connaissance d'un couple de canadiens , les Ricou, d'origine française, en route pour le village de Saint Salgue, d'où est parti en 1663 leur ancêtre Amédée.

Gaby et ses amis n'atteindront jamais la Méditerranée, car leur route croisera à plusieurs reprises celle des hommes de main de la SOBECO, « *une grosse société immobilière montée par des affairistes véreux* », un type de société immobilière dont Paul Gerrard se plaira à dénoncer les activités dans plusieurs romans. Et surtout parce qu'une commission confiée par son père à Fernand Douin les conduira vers une village dont leurs familles (à l'exception de celle de Criquet, native de Bobo-Dioulasso) sont originaires, contraintes par la mise-en-eau d'un barrage à l'exil vers la capitale, victimes de l'exode rural. Mais pour parvenir à cette destination, où ils retrouveront d'ailleurs les Ricou, il leur faudra déjouer les agissements nuisibles des bandits de la SOBECO et les chiens de Marion auront alors à nouveau un rôle crucial.

À la fin du roman, Fernand, le garçon le plus sérieux de la bande, proclame : « *Il y a mille chemins qui mènent au bout du monde* ». Paul Berna a quitté ses personnages à l'issue de cette aventure commune, qui ne pouvait préluder qu'à une inévitable dispersion.

La vie active attendait la petite bande, une vie bien différente de leurs aventures de jeunesse. C'est ainsi que l'on perd de vue nos petits banlieusards, symboles d'une certaine jeunesse des années cinquante.

Mais l'auteur, lui, n'a pas abandonné pour autant le commissaire Sinet, muté dans une autre cité de la grande banlieue, Le Puisay, où on le verra enquêter sur trois affaires concernant une famille escroquée, un mulet errant ou un quêteur détroussé. Dans chacune d'elle, il reçoit l'aide d'une autre bande d'adolescents, élèves du lycée Alfred Jarry et éditeurs d'un journal lycéen le *Petit Étudiant du Puisay*. Mais ceci est une autre histoire...[2]

Paul Berna écrira quelques autres romans policiers pour la jeunesse dont *L'Épave de la Bérénice*, qui, traduit en anglais et publié aux États-Unis par Pantheon, sera sélectionné pour le Edgar Allan Poe award du « Best juvenile mystery », une distinction dont aucun autre auteur français n'a bénéficié.

Paul Berna était le pseudonyme de Jean Sabran, né en 1908 à Lyon, qui a commencé à écrire en 1934, a été publié après-guerre avec des romans de littérature générale chez Albin Michel et Gallimard, a obtenu en 1953 le Prix des Lecteurs pour *Le Vagabond des Andes*, que le critique Pierre Humbourg

2. Ces trois affaires ont été contées respectivement dans *Le Témoignage du chat noir* (1963), *Le Commissaire Sinet et le mystère de l'autoroute Sud* (1967) et *Le Commissaire Sinet et le mystère des poissons rouges* (1968).

qualifia de « *livre profondément émouvant et vivant* », signé du pseudonyme de Bernard Deleuze.

La plus belle création de ce fils de soyeux lyonnais est sans doute cette bande de mômes banlieusards dont les exploits ont enchanté, à juste raison, plusieurs générations de jeunes lecteurs.

(Jacques Baudou)

"BIBLIOTHÈQUE ROUGE ET OR"
PAUL BERNA
LE CHEVAL SANS TÊTE

Illustration de Josette Stefani pour Fantômette contre Fantômette, *1964.*

Chapitre douze

Fantômette

Alors qu'il avait déjà commencé à se faire le biographe des aventures d'un groupe de gamins, les 4 As, l'écrivain populaire Georges Chaulet (1931-2012), qui vivait en région parisienne[1], eut vent d'un étrange fait divers qui défrayait la chronique : apparemment, une jeune fille avait pris la décision toute personnelle de se transformer en une vengeuse masquée, à la manière des célèbres *vigilantes* nord-américains, Batman, Green Hornet, le Sandman, etc. Avec l'aide d'un ami journaliste à *France Soir*, Pierre Dupont, Chaulet mena l'enquête sur cette mystérieuse détective et retrouva sa trace. La postérité n'a pas enregistré exactement quel accord fut conclu entre l'écrivain et la jeune fille, mais le résultat est désormais bien connu : fort du récit de ses premiers exploits que venait de lui faire l'héroïne masquée, Chaulet retourna aux éditions Hachette voir Louis Mirman, le patron des Bibliothèques rose

1. Ses parents tenaient, dans le 14ème arrondissement, une brûlerie de café mais habitaient dans les Hauts-de-Seine, à Antony, que ne quitta jamais Georges Chaulet.

et verte. Ce dernier avait refusé de publier les 4 As, arguant d'une trop forte proximité avec le Club des 5, mais accepta cette fois le projet de Chaulet. Le contrat est signé le 28 juin 1960 et l'année suivante sort en librairie le premier d'une longue série de romans, *Les Exploits de Fantômette*. Le succès sera immédiat, la jeune justicière d'Île-de-France obligera désormais les célèbres enfants anglais à partager avec elle la vedette de la « Bibliothèque rose ».

Ce premier roman débute par une scène qui deviendra traditionnelle dans les romans de Chaulet : les élèves de Mlle Bigoudi, institutrice de l'école primaire Guy Gnol de Framboisy, doivent répondre à une interrogation. La situation est drôle, elle permet de camper d'emblée les trois personnages principaux de la série… mais lorsqu'on y réfléchit un peu, une école primaire, vraiment ? Et pas n'importe quelle école, mais une école à l'ancienne, comme l'on en trouvait durant les années 1950 : réservée aux filles, et où l'on écrit encore avec un porte-plume qu'il faut tremper dans l'encre – c'est-à-dire lorsque l'on n'omet pas de le faire comme une certaine Ficelle. Comment des fillettes en âge d'être en primaire pourraient-elles vivre seules, et comment l'une d'entre elles pourrait-elle lutter contre le crime ? Très amusante, cette mise en scène n'est bien entendu que cela : ayant rencontré le trio qui avait déchaîné l'intérêt des journaux, Chaulet avait appris à bien les connaître. Il s'était notamment fait raconter leurs souvenirs d'école, car l'écrivain ne pouvait évidemment pas tout révéler, réellement, des activités de la justicière masquée, et surtout pas son lieu d'activité précis non plus que sa véritable identité, vous pensez bien ! De plus, la « Bibliothèque rose », s'adressant à des lecteurs en âge scolaire de fréquenter l'enseignement primaire, présentait elle aussi quelques contraintes.

Ainsi donc, Georges Chaulet construisit pour sa série tout un petit univers très maîtrisé, lui permettant de rapporter les exploits de sa jeune amie sans la trahir et en distrayant le lectorat adolescent. Les Fantômette sont des « biographies masquées », recelant énormément d'éléments ludiques ou fictifs, beaucoup de fantaisie, un travail de « reconstruction » et de collage (les années d'école du trio se retrouvent accolées à leurs exploits plus récents), et bien sûr, une drolatique inventivité quant à l'ensemble des patronymes.

Sous ces masques, pourtant, le talent de l'auteur a laissé transparaître la réalité passionnante de ces jeunes détectives.

Faisons le tour de ce petit théâtre, alors. En commençant par ses trois protagonistes essentielles : trois filles qui se connaissent depuis l'enfance, ont été en primaire ensemble, et vivront ensuite le début de leur entrée dans la vie active sur fond d'enquêtes policières et d'aventures trépidantes. Tout d'abord, il y a Ficelle. Ne cherchez pas son nom de famille, le biographe se contenta de n'en jamais livrer que le surnom. Grande et maigre, les cheveux mous et longs, blonds, la jeune Ficelle est une éternelle rêveuse, une tête de linotte qui ne cesse de bâtir plusieurs châteaux en Espagne par heure et qui entretient avec la langue française un rapport que l'on qualifiera de « créatif ». Ficelle sera la seule des trois filles sur laquelle Georges Chaulet livrera, sur ses vieux jours, quelques indices quant à son existence réelle : interrogé en 2011 pour l'ouvrage anniversaire *Les Secrets de Fantômette*, l'auteur confiera que Ficelle est toujours en vie et est maintenant grand-mère. « *Il lui rentrait une idée dans la tête et elle en sortait au bout de trois secondes. Par exemple, elle était prostrée sur un fauteuil, l'air complètement abruti, et elle se levait brusquement : « Ah ! J'ai envie de tricoter ! » Alors, elle courait dans la maison chercher des aiguilles à tricoter et du fil, et au bout de trois minutes, elle laissait tomber : « Ah ! faut que je dessine ! » C'est la fille qui a mille idées par jour, qui croit pouvoir les réaliser, qui essaie d'entraîner ses copines dedans.* » Sacrée Ficelle, qui ne cesse de vibrionner, pleine de bonne humeur et de fantaisie, toujours à promener des bagages invraisemblables et à sauter d'une lubie à l'autre, ce qu'elle nomme ses idées ficéliennes : « *Tais-toi, Boulotte ! Tais-toi ! Je sens qu'une idée surgéniale est en train de pousser dans mon cerveau ultra-puissant !*[2] »

Inséparable de Ficelle, au point que les deux filles logent ensemble, est « la grosse Boulotte ». Là également, pas de nom de famille, juste un surnom, et en cette époque où le politiquement correct n'a pas encore frappé, Chaulet n'hésite pas à mettre en scène une fille franchement gloutonne, grosse, obsédée par la nourriture. L'on pourrait même dire « positivement obsédée », car le rapport de Boulotte aux aliments et à la cuisine est très créatif, la poussant à de subtiles extravagances comme le fait de manger une tartine tournée à l'envers – la face beurrée vers le bas, afin qu'elle entre immédiatement en contact avec les papilles de la langue.

Les deux filles vivront tout d'abord au 21 rue des Salsifis puis déménageront au 7 rue des Pétunias, et si leur âge sous la plume de Chaulet semble perpétuellement hésiter entre l'enfance, l'adolescence et le début de l'âge adulte, une chose semble certaine : les deux sont orphelines. Ficelle possède toute une ribambelle d'oncles et de tantes, mais Boulotte pour sa part paraît bien être seule, toute seule, et pour s'avancer sur le terrain risqué de la psychologie superficielle, peut-être pourrait-on voir dans cette situation l'origine des incertitudes de Boulotte, notamment sa crainte de manquer de nourriture. Afin de n'être jamais seule, elle se promène partout avec une souris blanche dans la poche, sempiternellement nommée Mimosa.

---

2. *Fantômette et le secret du désert.*

La troisième membre du trio, c'est bien sûr Françoise. Dupont, de son nom de famille (sans rapport de parenté, à notre connaissance, avec le journaliste que Chaulet surnommera Œil de Lynx). Françoise Dupont, la petite fille sage, d'une intelligence supérieure à la moyenne, première en classe bien sûr, est une belle brunette aux yeux rieurs, un petit peu « garçon manqué » avec ses courts cheveux bouclés, vive, volontiers ironique, mais bien élevée. Aux dires de Ficelle, Françoise n'aurait guère de mérite à être si bonne élève : « *Elle est première, mais uniquement parce qu'elle a de la mémoire. Ce n'est pas une question d'intelligence. Tandis que Fantômette, oui ! Ça c'est une fille intelligente !*[3] » Face au tourbillon d'excentricité qu'est Ficelle, forcément, Françoise fait bien ordinaire, d'autant que très discrète elle ne livre jamais rien de sa vie privée. Tout juste peut-on supposer qu'elle bénéficie d'une certaine fortune, si l'on en juge par la demeure extrêmement moderne, pour ne pas dire moderniste, qu'elle habite au 13 rue des Roses : un pavillon aux allures de soucoupe volante !

Les trois filles habitent dans une petite ville de la région parisienne, Framboisy. Ce n'est là que le nom inventé par Georges Chaulet, qui pour des raisons évidentes de discrétion n'a révélé que peu de réels indices sur cette bourgade : située dans le sud de Paris, elle serait dans la région de Fontainebleau, puisqu'il est question du car qui s'y rend. Une rivière la traverse, l'Ondine. À l'époque, le cadre demeure encore très champêtre, Paris est loin, qu'il faut rejoindre par le chemin de fer. Quand elle se rend chez l'un de ses conseillers, le professeur Potasse, Fantômette « *saute sur son cyclomoteur électrique et suit un chemin assez étroit, peu fréquenté, qui contourne Framboisy en longeant des champs. Des champs qui disparaîtront sans doute bientôt pour laisser la place au parking bétonné de quelque grand*

3. *Les Exploits de Fantômette.*

ensemble. Pour l'instant, il y a encore des brins d'herbe, des arbres et des papillons.[4] »

Une petite ville tranquille, bien ordinaire, qui n'aurait jamais eu de raisons de s'inscrire dans la géographie de la littérature policière si, à la toute fin des années 1950, une jeune fille ne s'était pas mise en tête de redresser les torts et d'arrêter les bandits : « *Fantômette ! La mystérieuse justicière que seule ses victimes avaient pu voir, et qu'elles décrivaient comme « une jeune fille masquée, avec une cape noire fermée par une agrafe d'or, en forme de F ». On ne savait pas grand-chose de cette aventurière, sinon qu'elle semblait opérer généralement la nuit et sans aucune aide. Elle s'était signalée pour la première fois trois mois plus tôt. À la suite d'un appel lancé depuis une cabine téléphonique publique, Police-Secours avait découvert dans ladite cabine un homme assommé et proprement ligoté. Il portait épinglé au revers de son veston, une carte de visite marquée d'un nom : FANTÔMETTE. Il avoua être l'auteur d'une série de cambriolages.*[5] » Quelle audace ! Pour une jeune fille, se lancer ainsi dans une carrière de lutte contre le crime, quelles peuvent bien être ses motivations ? Quelque chose dans l'histoire de sa famille, peut-être dans ses origines ? Chaulet se gardera bien de soulever le moindre coin de ce mystère. Tout juste pourra-t-on noter que Fantômette, dans son nom de guerre, s'est certainement souvenue du génie du Mal qui hanta Paris avant la Première Guerre mondiale – Fantômas ! Pour ce qui est de son costume, songea-t-elle à quelque héros américain du genre du Fantôme du Bengale, dont les aventures paraissaient dans la presse sous la forme de bandes dessinées ? Enfin, et c'est certainement le plus frappant, les connaisseurs de la vie d'Arsène Lupin ne peuvent

4. *Fantômette en plein mystère.*
5. Article de journal cité in *Les Exploits de Fantômette.*

que relever la proximité du vocabulaire de Fantômette, et en particulier de cette gouaille dont elle fait preuve lorsqu'elle confronte des bandits, avec celui du gentleman-cambrioleur. Fantômette va jusqu'à donner du « Animal ! » à ses adversaires, comme Lupin autrefois.

Vêtue d'un soyeux justaucorps de noir et d'or, une cape rouge la drapant, un loup sur le visage et un bonnet à pompon sur la tête, Fantômette va traquer les escrocs, les malandrins, les cambrioleurs et les agitateurs durant toute la décennie des *sixties*, ombre maligne et enquêtrice futée. Une vraie légende !

Et ce qui est amusant, c'est qu'elle ne restera pas longtemps seule. Ses premiers mois d'enquêtes et d'arrestations avaient été des aventures en solitaire, mais avec la divulgation dans la presse des affaires criminelles résolues par elle, un petit groupe de filles va se pencher sur sa carrière… Ficelle et Boulotte, bien sûr ! Avec Françoise et, au tout début, Isabelle Potasse, une autre de leurs camarades de classe. Si le chemin du trio ne croisera plus guère celui d'Isabelle, son paternel en revanche, le professeur Potasse, deviendra l'un des éléments cruciaux du reste de la carrière de Fantômette : avoir un inventeur comme ami, voilà qui s'avère fort pratique. Car de même que la jeune fille inverse les caractéristiques de Fantômas, en se faisant justicière plutôt que criminelle, ce bon Potasse aux allures de savant fou n'en a nullement le caractère mégalomaniaque.

Mais revenons à Ficelle : oui, Ficelle, cette grande asperge, qui, sans jamais le savoir, va propulser Fantômette toujours plus loin dans le monde des énigmes et de la résolution des forfaits les plus curieux. On remarque souvent que les grands détectives paraissent agir comme des aimants à crimes ; un Hercule Poirot par exemple ne pouvait pas se rendre en vacances où que ce soit sans trébucher sur un cadavre, semble-t-il. Eh bien, en cela oserons-nous attribuer à Ficelle le qualificatif de « grand détective » ? Ce serait un tantinet exagéré, quand on sait que l'adorable idiote laisse toujours Françoise résoudre les énigmes à sa place, l'air de rien, et que Ficelle doit plus souvent être secourue qu'elle ne sauve d'innocents. Pourtant, à force de s'entêter à rechercher des « indices » et à voir des mystères partout, Ficelle ne cesse effectivement d'en découvrir ! Et Fantômette de lui emboîter le pas, amusée et ravie.

Je vous arrête tout de suite : non, Fantômette n'est pas l'identité secrète de Ficelle. Celle qui mène une double vie, c'est la brunette rieuse et pondérée, Françoise Dupont. Il n'empêche que l'on pourrait aisément affirmer que sans Ficelle, la carrière de Fantômette n'aurait pas atteint de tels sommets.

Sans la présence d'un homme, non plus : Œil de Lynx, de son vrai nom Pierre Dupont, le journaliste du quotidien parisien « France Flash », certainement *France Soir*. Un jeune homme bondissant et entêté comme… Eh bien, tiens, comme Jérôme Fandor, l'adversaire de Fantômas, on y revient. Quoiqu'il soit plutôt vêtu comme Rouletabille. Celui que Fantômette appelle familièrement et alternativement Œil ou Lynx, entretiendra avec elle une relation de complicité, la taquinant souvent, la soutenant toujours. En échange, la jeune fille lui fournit matière à nombre de papiers sensationnels, et lui livre parfois quelques petits secrets… « *Oh ! Vous savez mon cher Œil, j'ai sur moi une quantité de trucs et de machins dont vous ne soupçonnez pas l'existence. – Vraiment ? Par exemple ? – Ah ! Si je vous le disais, ce ne serait plus un secret. Sachez seulement que mes deux talons sont truqués, ainsi que ma broche en forme de F. Mon pompon aussi, et l'intérieur de ma cagoule. J'ai également une fausse ceinture pleine de zinzins extraordinaires. Et à plat sur la poitrine un objet fort utile quand on se bat contre les bandits. Ma montre est également trafiquée… ainsi que l'étui qui contient mon poignard. Et le poignard lui-même a une poignée creuse, dans laquelle j'ai caché… – Quoi ? – Je ne vous le dirai pas !*[6] »

Formidable Fantômette, qui durant la décennie où des agents secrets tels que James Bond ou John Steed vont bâtir leur paradoxale célébrité, entretiendra avec l'aide de Georges Chaulet une certaine aura de secret, une réputation de plus en plus large, tandis qu'elle luttera contre des malfrats occasionnels ou bien contre des gangs plus réguliers, tel celui formé par Le Furet, Alpaga et Bulldozer, ou la bande menée par le dangereux mégalomaniaque Masque d'Argent – héritier véritable d'un génie criminel semblable à Fantômas. Sans jamais cesser de rire et de se moquer : légère et astucieuse, insaisissable Fantômette.

La plupart du temps, l'adolescence passée, on ignore ce que sont devenus les jeunes détectives qui nous ont tant passionnés. Georges Chaulet, lui, eut l'excellente idée de revenir une fois, une seule, vers les étonnantes habitantes de Framboisy. Demeuré quelques années dans son tiroir, le manuscrit de *Fantômette amoureuse* vit enfin le jour en 2011, au sein de l'album anniversaire *Les Secrets de Fantômette*. On y découvre une Françoise qui a rangé son justaucorps de soie et travaille sagement au guichet d'une banque : elle « *mène maintenant une petite vie tranquille, bourgeoise. Terminé, les poursuites et les escalades !* ». Le reporter Œil de Lynx, lui, est toujours actif : « *Quelques rides sont apparues autour de ses yeux et sa carrure s'est élargie, mais c'est toujours la même figure riante et sympathique.* » Libéré de prison pour bonne conduite, Alpaga (de son vrai nom Bravo Braconcino) tient maintenant une boutique de vêtements féminins, dans l'avenue Théodore-Théodule, et après avoir « *un peu joué au poker dans les casinos, revendu quelques babioles dont on me faisait cadeau* [et] *importé trois paquets de*

6. *Fantômette en plein mystère*.

cigarettes américaines », il tente de gagner sa vie à la régulière. Cette grosse brute de Bulldozer a repris une carrière de catcheur, sous le surnom du Vampire des Supermarchés. Le Furet, lui, « *achète des obus, remplace la poudre par de la cocaïne et revend le tout à un prix très raisonnable* ».

Boulotte ? Elle est devenue cuisinière et vendeuse dans le splendide établissement du traiteur Gargandise, *Le Paradis du Gourmet*. Quant à Ficelle, elle occupe pour le moment un emploi de préparatrice aux Galeries Farfouillettes et elle n'a pas changé d'un iota : « *Un truc phénopoustouflant ! Incroyable et ahurissable ! Moi-même, je suis complètement bouleversifiée d'avoir inventé cette chose inimaginable qui démontre mon génie superfétatoire ! Tu vas en crever de jalousie verte, ma bonne Françoise !* »

Une « bonne Françoise » qui, ayant interrompue une tentative de hold-up à la banque, va endosser une nouvelle fois, peut-être la dernière, le costume de Fantômette – et rencontrer l'amour, en la personne somme toute assez logique du fils de son vieil ennemi le Masque d'Argent, Éric. Un couple de choc, certainement, dont il serait étonnant qu'il n'ait pas poursuivi quelques activités d'investigation criminelle.

(André-François Ruaud)

BIBLIOTHÈQUE ROSE
GEORGES CHAULET
FANTÔMETTE
EN PLEIN MYSTÈRE

« *Alors! On se décide?* »

Illustration de François Batet pour L'Affaire du coffre-fort, *1966.*

Chapitre treize

Le Carré d'As

Odette Sorensen naît, en avril 1903, dans un petit village du Poitou, d'une mère française et d'un père danois qu'elle connaîtra peu. Elle demeurera une enfant du terroir, discrète dans le paysage littéraire français. Il est possible que son ascendance un peu exotique l'ait encouragée à sortir enfin de sa réserve provinciale. Peut-être n'en fut-il rien et que la Seconde Guerre mondiale bouleversa sa vie quiète jusqu'alors. C'est seulement en 1943 que l'auteur apparaît sur la scène parisienne, masquée par un pseudonyme masculin, Luc Rivière, pour un premier roman policier au rayon adulte. Il faudra attendre quelques années pour que son nom surgisse, présenté toutefois comme celui d'un auteur étranger, adapté par ce Luc Rivière factice ; une manœuvre publicitaire des éditions Portulan, jamais avares d'entourloupe éditoriale. Enfin, en 1953, Denoël publie un titre signé par la romancière, *Vérité, sens interdit*. Pourtant, peu après, Odette Sorensen abandonne le récit adulte au profit des lecteurs du rayon jeunesse, ou plus exactement des jeunes lectrices, pour qui elle va d'abord raconter les aventures de Corinne. Trois romans policiers paraissent entre 1960 et 1962 aux Éditions du Temps, dans la collection *Suite à Isabelle*. Il s'agit d'une publication à l'intention des jeunes filles que l'on ne doit plus considérer comme de « [...] *prochaines épouses et de futures mères. Elles sont d'abord les jeunes filles avec leurs joies, leurs soucis, leur mode, leurs goûts, leurs questions sur l'avenir* », et si l'amour, le foyer et les enfants occupent encore le centre de leur existence, les métiers et les distractions ne sont plus négligeables. Désormais, le rôle d'investigateur entre dans les attributions féminines. Délaissant Corinne et les Éditions du Temps, décidément voyageuses puisqu'on les retrouve à Tours, Lyon et Condé-sur-Noireau, Odette Sorensen accepte, en 1965, l'offre attrayante de la maison Hachette et de sa fameuse collection pour la jeunesse, la « Bibliothèque Verte ». Cette année-là, la romancière a justement rencontré quatre jeunes filles modernes et décidées, aussi différentes qu'on puisse l'être et pourtant inséparables, qui pourraient être les héroïnes d'une série policière. Leurs aventures plaisent à la grande maison d'édition au point de leur adjoindre les services d'un illustrateur de talent, François Batet, chargé de représenter les nouvelles recrues. L'artiste catalan, installé en France depuis 1951, avait déjà conquis une belle notoriété en Espagne, lorsqu'il dessinait « El Coyote », un cow-boy publié dans les romans populaires. À Paris, il fut rapidement employé par diverses publications, et en particulier chez Hachette, pour qui il illustre des romans policiers pour adultes, avant que ses talents soient principalement requis pour la « Bibliothèque verte ». De formation classique, ses aptitudes sont variées, c'est sans peine qu'il croque les portraits des nouvelles détectives amateurs dans le cadre qui leur donne leur nom : les as des cartes à jouer. En 1965 sort la première aventure de quatre championnes de l'énigme, *Le Carré d'As et les malandrins*.

Les jeunes filles sont résolument parisiennes, collégiennes et lycéennes de quatorze et quinze ans. Aussi différentes de caractère que d'apparence, elles ont en commun une joie de vivre communicative et un intérêt non déguisé pour les mystères surgis sur leur chemin. Car elles voyagent beaucoup à travers le pays, l'essentiel de leurs mésaventures n'auront pas la capitale pour cadre mais bel et bien la province. C'est à la rentrée scolaire 1965 que les lectrices découvrent la première enquête du Carré d'As, résolue durant des vacances estivales, l'année précédente. Odette Sorensen a choisi de démarrer son premier récit le jour de l'arrivée du groupe à la Gruais, une ferme traditionnelle. L'exploitation n'est pas inconnue à deux des quatre adolescentes, deux sœurs qui viennent d'achever, l'une, sa dernière année au collège, l'autre, la première au lycée. Toutes deux sont familières du pays qui les accueillit à plusieurs reprises durant les vacances d'été, et même durant l'année scolaire, dans leur enfance. Bien que cinq ans se soient écoulés, leurs souvenirs sont vifs et empreints de tendresse, elles ont laissé une bonne impression et de bonnes camarades. Elles se font une joie de les retrouver, et de les présenter à leurs amies parisiennes un peu intimidées. Les propriétaires de la ferme, les Pidoux, sont les cousins de province de leur père, un médecin trop occupé, le docteur Barrel. Ce dernier dépose ses filles et leurs camarades sans façon, avec leur matériel de camping, la nouvelle mode de ces années 1960. Sans attendre, ni même prendre le temps de répondre à l'invitation de sa cousine intimidée, il s'en retourne vers Paris au volant de sa confortable automobile. Ses filles ne sont pas plus émues des manières paternelles, semblant considérer très naturelle l'attitude désinvolte de leur chauffeur. L'entourage familial n'aura pas plus d'importance au cours des romans, vaguement présent, disposé à acquiescer sans discussion, confiant aisément leur progéniture à des mentors souvent bien jeunes eux-mêmes. Les deux sœurs, Patricia et Laurence, s'empressent de présenter leurs deux amies, Annette Martelli et Kito Genévrier à leur hôtesse. Il leur faut l'appeler Mamidoux, le maître des lieux répondant affectueusement au nom de Papidoux, ce dernier représentant la lourde tradition patriarcale sans pour autant y gagner plus de véritable autorité. Refusant le réconfort du bon goûter réconfortant, chers aux jeunes détectives anglo-saxons, les citadines françaises se hâtent de rassembler et transporter leur volumineux matériel, elles s'établissent dans le terrain qui leur a été dévolu : le pré Cornu. Quatre filles, quatre tentes et une « vache » sont installées, la dernière dans la cabane un peu vermoulue qui sert d'ordinaire aux animaux domestiques. Elle fera office de douche puisqu'il s'agit, à la surprise des Pidoux, d'une grosse outre de camping destinée à la réserve d'eau. Odette Sorensen, au fait des méthodes modernes de nomadisme, explique aimablement les utilités aux lectrices qui pourraient les ignorer. Le ton est donné, une désinvolture très juvénile, respectueuse toutefois pour les comportements étranges de leurs aînés, et un solide appétit pour les activités remuantes. C'est le début des années 1960, le Yéyé bat son plein, les jeunes lisent *OK Magazine* et *Salut les copains*, les revues où les stars débutantes vivent une existence moins rangée que leurs aînés, la Seconde Guerre mondiale devient le souvenir de personnes d'un certain âge. Albert Raisner présente « Âge tendre et tête de bois » et Eddy Mitchell chante avec les Chaussettes Noires. Les adolescents révèlent timidement ou plus agressivement leurs premiers soucis, en particulier les relations difficiles entre les filles et les garçons. Le Carré d'As se heurtera à l'attitude étrange de certains, comme Marc, le brillant mais désagréable neveu de monsieur Pidoux, un cousin par alliance aussi, qui ne soulève pas l'enthousiasme de l'alliance féminine. Les jeunes filles sont cependant encore gouvernées par les anciens codes sociaux. Si l'année scolaire suit les modes et les chansons grâce à la radio, il n'est pas question de laisser cet engin bruyant, et déjà addictif, gâcher les vacances dans la nature. C'est, bien avant notre époque, la glorification des charmes du retour aux sources : bonne nourriture, bon exercice au grand et bon air. Néanmoins, au cœur de cette campagne si claire et souriante dans les chaleurs estivales, le crime rôde d'une autre façon à l'arrivée du Carré d'As, sous la forme de maraudeurs, surnommés les Malandrins par les gens du pays. Un vol agricole revêt une grande importance pour les villageois, deux moutons ont été subtilisés, le troisième disparaît le soir-même de l'arrivée des vacancières. Celles-ci, un peu troublées par le silence qu'on observe à propos de l'affaire devant elles, achèvent cependant de s'installer paisiblement. Premier visiteur inattendu, un jeune inconnu, délicat et mélancolique, vient les aborder à leur campement. Il est du Logis, un domaine demeuré inhabité depuis de longues années. Ravies toutes les quatre de leur nouvelle connaissance, les deux sœurs sont plus qu'enchantées de reprendre contact avec leurs amies d'enfance au village, des jeunes filles déjà actives, heureuses également de les revoir. Toutefois, la loi du silence semble agir, aucune d'entre elles ne désire s'appesantir sur l'affaire criminelle. Les autochtones ne sont pas tous aussi empressés auprès des Parisiennes. Victor, leur persécuteur à l'école communale, est devenu un solide gaillard, peu recommandable et insolent, qui les inquiète toujours. Certains lieux interdits, comme Le Logis, ont perdu de leur mystère, d'autres demeurent dangereux et attirants : les carrières non loin de là, leurs galeries souterraines et les éboulis fréquents. Dès cette première aventure, les dangers, la confusion et les faux-semblants vont s'accumuler autour des héroïnes, et de toute la jeunesse qui les entoure, pour monter jusqu'au drame final, qui les jettera dans les griffes bien plus redoutables des malversations adultes. Coups de feu, bagarres, séquestrations, terreurs, le Carré d'As ne devra son succès qu'à son solide bon sens, loin de la fragilité convenue des aventures féminines d'avant-guerre, et à ses compétences de récupération peu communes face à l'adversité. Les retournements de situation sont nombreux, le principal ici concernera Marc, presque un homme pour ses cousines et leurs amies. L'étudiant de vingt ans, qu'elles ont surnommé le Joker, par dérision un peu vengeresse du mépris qu'il leur a prodigué, se révèle un brave garçon, nonchalant et peu à l'aise avec la gente féminine, cependant de toute confiance dans les mauvais coups. Il restera aux côtés des adolescentes au cours de leurs aventures, en *outsider* comme son pseudonyme le souligne, une ficelle scénaristique facile mais utile, intervenant avec à-propos dans les situations incontrôlables par des enquêtrices aussi jeunes que nos lycéennes.

Odette Sorensen côtoya le petit groupe à Paris, un an ou deux après leur première affaire – elle confondit d'ailleurs les âges des détectives amateurs, les vieillissant dans le premier roman, avant de réparer son erreur dans les volumes suivants. Elle les croisa lors d'une séance de signatures en librairie ou pendant une causerie à la bibliothèque, la rencontre n'a pas été rapportée. Elle fut en tout cas séduite par ces jeunes filles, dévoreuses de livres elles-mêmes, et désireuses d'en parler. N'ont-elles pas déjà des opinions sur le traitement des personnages ? La brune Kito, l'As de Carreau, préfère les caractères classiques interprétant la lutte entre le bien et le mal, alors que Laurence, l'As de Cœur toute rousse – la plus calme et romantique, contrairement aux lieux communs colportés à propos du tempérament volcanique des têtes à chevelures flamboyantes – demeure persuadée qu'un personnage trop gentil peut dissimuler un esprit malveillant. Leur interlocuteur Richard, ce garçon si mélodramatique et séduisant du Logis, leur rappelle que « *Ce serait trop facile si la vie était aussi simple. Les bons ne sont pas toujours bons, et il arrive que les méchants renoncent à leur méchanceté, soit par intérêt, soit par...* » Annette, l'As de Trèfle, une blonde réfléchie – la teinte de cheveux est de nouveau en contradiction avec les traits de caractère convenus – lui propose de terminer sa phrase suspendue par « *la vertu ?* » Au grand étonnement de ses compagnes, Laurence reste convaincue qu'il « *arrive qu'on soit méchant parce que la vie vous a fait du mal* », surprenant sa sœur aînée, la sportive Patricia, alias l'As de Pique à la chevelure châtain, bien décidée à laisser la responsabilité des mauvaises actions à ceux qui les commettent. Ces jeunes esprits, encore touchés par l'enfance mais déjà confrontés aux ambiguïtés de l'âge adulte, vont inspirer à la romancière la chronique des mouvements du cœur et des réflexions des adolescentes. Non seulement par l'aspect presque sociologique de l'intérêt grandissant à l'égard de la jeunesse dans les années 1960, mais aussi au féminisme naissant, à la libération des mœurs et aux valeurs farouches de la tradition qui résiste à la modernité. Cette jeunesse est fêtée et redoutée à la fois ; c'est l'époque des Blousons Noirs et de l'émancipation féminine que redoutent tant les pères et les mères souvent impuissants, ne parvenant pas à discerner quel comportement adopter face à leurs enfants grandissant d'une manière si différente. Mieux encore, ce sont des filles, les premières à accuser les changements, en phase cependant avec la société citadine, toutes quatre différentes et se complétant à merveille, éprises de mystères et de nature par ailleurs. Ce dernier point permet à Odette Sorensen, satisfaite, d'emporter ses futures lectrices vers la campagne, un terrain familier dont elle est issue, qui recèle autant de zones d'ombre que la ville ou la capitale. Ces jeunes muses lui offrent sans compter l'opportunité de raconter la vie des jeunes filles des *sixties*, qu'elles vivent à Paris ou en province.

Le Carré d'As va vivre, à travers la plume d'Odette Sorensen, sept aventures parues entre 1965 et 1969. Peu à peu, les mœurs évoluent vers le mouvement hippie et les événements de mai 1968. Les détectives amateurs gagnent de l'indépendance, quoique les couvertures et les illustrations de François Batet demeurent très sages dans leur représentation. Dans *L'Affaire du coffre-fort*, c'est en Provence qu'elles passent leur vacances en compagnie du Joker, chauffeur et mentor. À la suite d'une panne providentielle, tous s'installent dans un village abandonné, comme il en existe depuis la Seconde Guerre mondiale et l'exode des paysans vers la ville. Les gens du crû survivent péniblement, tâchant de préserver leur ancienne vie, les coutumes et la tradition. Le potier, qui tient un comptoir de marchandises et assure le rôle de mécanicien, le muletier à l'allure d'orang-outang et au langage difficilement compréhensible, un homme étrange, qui vit loin du village minuscule, habité par une veuve, sa belle-fille et leur locataire, un ingénieur de la ville. Car il y a un barrage en construction, cette construction monumentale qui fit beaucoup parler d'elle au XXe siècle, dépouillant les populations de leur terre natale, modifiant les paysages millénaires. Des plans sont volés, un autochtone est accusé, et voilà le Carré d'As, intrépide, lancé sur le mystère, traquant les indices, étudiant les caractères, s'interrogeant sur les motivations de ces gens vivants à l'écart, si loin de Paris. Après avoir confondu le vrai coupable, les lycéennes ont à peine le temps de reprendre le chemin de leurs études qu'elles se heurtent à une nouvelle énigme. En octobre, elles sont invitées, par une relation fortunée du docteur Barrel, à un mariage en grande pompe. Les hôtes ont invité toute la jeunesse de leur entourage à participer à un week-end complet de jeux, spectacles et bals. Un autocar a été loué pour transporter tous les Parisiens. Si les festivités s'annoncent presque royales, les lycéens sont rejoints par un groupe à cheveux longs, avec leurs guitares électriques et batterie, passionnés de sirtaki. Le Carré d'As fait la connaissance des Katza, pour les « quatre z'A. », les membres du groupe ont en effet tous le prénom débutant par un A. Ils ne sont pourtant que trois à grimper en retard dans l'autobus au début du récit, et deux à l'arrivée puisque le plus frêle disparaît pendant le voyage. Une sombre histoire de voleurs de bijoux se profile derrière la célébration, des malfrats bien décidés à rafler les biens des riches convives, et à faire porter le chapeau aux jeunes beatniks des *Disparus de l'autocar*. Les Katza supplanteront quelque temps le Joker dans la vie quotidienne du Carré d'As, les lectrices retrouveront les tout jeunes étudiants, remuants et débrouillards, dans les affaires suivantes. D'ailleurs, ils seront bien utiles dans *Deux As à la T.V.*, quand Laurence Barrel, la benjamine des deux sœurs, gagne une tournée médiatique avec un nouvel espoir de la chanson, le fantasque chanteur au nom exotique, Shandor Volnar. Voilà qui exalte encore un peu plus le tempérament romantique et épris de surprises de l'As de Cœur. Mais Laurence est enlevée et rien ne va plus. Le Carré d'As mènera ainsi, à l'aide de leur biographe, toutes les adolescentes dans les méandres des années 1960, à Paris comme à la campagne, dans les strass, au cirque ou dans un château hanté. En 1969, paraît la dernière enquête, *Le Revenant de la tour Bertrande*. Les aînées du Carré d'As ont entamé leur dix-septième année, leurs études les accapareront bientôt. L'auteur a pris de l'âge, soixante-six ans. Les années 1970 vont déferler, moins respectueuses encore des traditions, le Carré d'As ne possèderont plus les bons atouts pour jouer avec la nouvelle génération en pantalon à patte d'éléphant et gilet à fleurs brodées.

(Christine Luce)

Illustration de Jacques Fromont pour La Famille H.L.M. et l'âne Tulipe, *1966.*

Chapitre quatorze

La famille H.L.M.

Chez les Paillot et les Davet, on est banlieusards en famille à Colombelle, près de Saint-Denis. C'est dans un village vertical qu'ils se sont installés, quatre au onzième étage et trois au dixième d'une H.L.M., une Habitation à Loyer Modéré, dans la Cité Neuve. Depuis les fenêtres, on aperçoit la Tour Eiffel par temps clair. Deux ans auparavant, Marco et Bichette Paillot, du onzième, vivaient encore dans une maison de la vieille ville, à deux pas. La famille du « bon gros » Poulou Davet, à la tête toute ronde et à l'appétit féroce, mais pas si lourd ce champion de la course à pied, vient du sud de la France. Les trois enfants sont cousins et s'entendent bien. Encore mieux, ils sont amis avec un quatrième larron, Nicolas Plumet, plus communément appelé Nic, un petit rouquin astucieux. Comme c'est le fils de la concierge, il habite tout en bas des dix-sept étages de ce petit gratte-ciel, au rez-de-chaussée, avec sa mère. Une brave dame, cette maman, qui connaît tous les locataires de l'Immeuble n° 2, et si elle règne sur la loge et les clefs, elle n'en demeure pas moins très simple avec tout le monde. Pour la contenter, il suffit d'être poli et de s'essuyer les pieds, la moindre des choses pour respecter la propreté méticuleuse du hall d'entrée et de l'ascenseur. Oui, les résidents vivent agréablement dans le royaume de madame Plumet, si attentive à l'aspect pimpant des lieux. Et elle n'est jamais avare lorsqu'il faut recevoir ou passer une communication téléphonique, bien qu'elle soit la seule à posséder cet appareil tellement pratique.

Bien sûr, personne n'est bien riche dans la Cité Neuve, les fins de mois sont parfois difficiles et les économies, si elles existent, sont minuscules. Chacun calcule au plus juste pour s'offrir des douceurs, des petites vacances, et surtout bien se nourrir, il faut que les enfants grandissent et ils ont de l'appétit. Grâce au loyer modéré, les locataires apprécient enfin le confort moderne. Les appartements ne sont pas vastes, Marco Paillot dort sur un divan dans le vestibule, bien arrangé attention ! juste en dessous de la sonnette. Les deux petites chambres occupées par le reste de la famille n'ont pas autant d'avantages ; en quelques secondes, le garçon peut sortir voler au secours d'un ami ou surveiller les alentours. Sa mère, toujours affairée, ne regrette pas son ancienne maison : ici, l'eau coule des robinets, chaude et froide, l'électricité allume les lampes et la télévision. En 1966, elle est en noir et blanc, cette modeste lucarne ouverte sur le monde, la couleur c'est pour les beaux quartiers. Les enfants la regardent souvent, le soir après le dîner, mais vous connaissez les gamins, dès qu'ils sont plusieurs, ils préfèrent s'agiter dehors.

Marco, Poulou et Nicolas ont une douzaine d'années, Bichette, la seule fille, compte un an de moins. Les garçons fréquentent tous les trois la même classe au lycée, mais l'école de Bichette n'est pas bien loin, il n'y a qu'un saut pour aller la chercher, rien qui puisse fatiguer les jambes robustes d'élèves sportifs, les trajets sont plus agréables en compagnie. À les voir toujours ensemble, tout le monde les appelait, pour aller plus vite, les cousins H.L.M. Et comme les parents s'entendent bien, on a fini par dire « la famille H.L.M. ».

Ces quatre enfants sont de braves gosses, bien élevés mais pas fiers pour deux sous, et attentionnés avec cela. Les petits malheurs des uns et des autres ne leur sont pas indifférents, ils n'hésiteront pas à rater un repas, veiller la nuit ou sacrifier leurs économies s'ils peuvent venir en aide à un autre enfant moins chanceux, un animal en détresse, éventuellement à arranger les problèmes des grands. Dans la banlieue de Paris, à la fin des années 1960, les difficultés ne sont pas rares. Bien sûr, rien qui ferait une grande audience à la télévision ou à la radio, et pourtant, des vies sont bouleversées, menacées ou tout simplement tristes. Rien d'étonnant si les cousins se sont un jour trouvés face au désespoir d'une petite fille, déracinée de sa province, perdue dans un environnement hostile où, pour rentrer dans sa nouvelle demeure, elle devait apprendre à utiliser une cabine étroite, commandée par des boutons un peu trop haut placés pour elle. Un lieu interdit aux animaux et dénués de jardins, qui la terrorisait, avec pour seul souvenir de sa vie antérieure, une photographie de son âne, Tulipe, vendu. Les adultes, inquiets et bienveillants, assistaient impuissants au dépérissement de la petite. Il fallait bien s'installer près d'un emploi lorsqu'il n'y en a plus dans la région natale. S'ils l'avaient pu, ils n'auraient pas quitté leur campagne et leurs habitudes, et encore moins causé tant de peine à la fillette. Le médecin n'a rien pu soigner, les médicaments étaient inutiles, il n'y avait d'autres moyens, pour la soigner, que de lui apporter un peu de son passé.

Marco, un garçon sensible sous ses dehors cartésiens de bon élève, a compris le premier l'agonie de l'âme enfantine. « Marco était un garçon bien planté, avec des cheveux blonds comme de la paille, des yeux couleur de ciel et un air toujours réjoui... sauf quand il se trouvait devant un visage malheureux. Alors, il devenait tout triste lui-même et aurait fait n'importe quoi pour le voir sourire. » Pourtant, il était d'abord désarçonné du rejet de sa banlieue qu'il aime tant, mais le désarroi de la petite Limousine, Manouche, l'a touché. Bien qu'elle soit une fille, une qualité équivoque à ses yeux, Marco n'a pas rechigné à se mettre à sa place. Mieux, il a rallié à sa cause ses deux amis, ses camarades de classe, et son professeur d'Histoire en prime, Monsieur Bicloux, dont on ne se serait jamais douté qu'il avait autant de cœur.

Pendant que Bichette, encore reléguée à un rôle d'arrière-garde malgré son caractère bien trempé, s'occupait de maintenir le moral de Manouche, les garçons se sont lancés dans la quête insensée d'un petit âne qui rendrait le sourire à la petite fille malheureuse. Ils ont usés leurs semelles et leur argent de poche sur les pavés, dans les autobus, le métro et enfin le train. Ils n'ont pas hésité à dormir dans une grange près de Pontoise, après une correspondance ratée par un arrêt incompréhensible en pleine campagne, une tradition ferroviaire toujours d'actualité, du train qui les menait à Mareille-en-Vexin, chez Adélaïde, la grand-tante de Nic. Ils ont réparé la roue crevée d'une automobile renversée par sa jeune conductrice peu habile. « *Ah ! Les filles, on ne devrait jamais leur mettre un volant entre les mains ! Elles ne savent que tout casser* », conclura Nic un peu fat, il n'empêche que cette jeune fille leur sauvera la mise un peu plus tard.

Un escroc leur a volé leur argent, les agents de police les ont arrêtés, ils ont rendu visite à un riche notaire, et ils ont marché, souvent et longtemps, dans les petits chemins de campagne, sur les bords des grands boulevards, sur les trottoirs défoncés. Sans se laisser aller au découragement parfois bien proche, les quatre enfants n'ont pas abandonné leur mission : l'animal joyeux qui s'ébat dans le Pré de l'Âne en est la preuve. Oui, pour clore l'affaire, il a bien fallu lui trouver un peu d'herbe à ce petit âne. Sachez-le, s'il y a un parc au milieu de la Cité Neuve, c'est grâce à Tulipe, qui n'est pas celui d'origine mais une ravissante bête cependant, et à la famille H.L.M.

C'est ce premier exploit que les enfants ont raconté à Monsieur Paul-Jacques Bonzon, quand ils l'ont rencontré pendant leurs vacances en Normandie, dans le Cotentin exactement. Les Paillot ont hérité d'une vieille maison, La Hune, perchée en haut d'une falaise. La famille H.L.M. préfère toujours les hauteurs pour admirer le paysage du plus loin possible. Quand Monsieur Paillot a ses congés, ce qui n'arrive pas assez souvent dans son métier, voyageur de commerce, tout le monde file à Carteville, et tout le monde, c'est bien sûr les quatre « cousins ». Plus tard, Tic-Tac, le loulou trouvé et recueilli par Nic sera aussi de la partie. Un chien malheureux que Madame Plumet n'eut pas le cœur de remettre à la rue ou pire, au service de la fourrière. Il est très propre et agite la queue comme le balancier d'une pendule pour un oui ou pour un non, ce qui a valu son nom à ce pitre. Il est beaucoup plus amusant que Coco, le perroquet du bon gros Poulou. L'oiseau parle : « *Donne-moi du feu, Totor* » et « *Passe la monnaie* », ses compétences s'arrêtent là, peu utiles pour régler les mystères à Colombelle. Les cousins auront l'occasion de choyer beaucoup d'animaux qu'ils ne peuvent adopter dans leurs minuscules appartements, de nombreux chats mais aussi des ânes, des chevaux, des ours...

Pour en revenir à ce petit coin de La Manche, Carteville est un minuscule village, proche de Bricquebec à peine plus grand, mais qui s'enorgueillit des ruines d'un château du XIVe siècle. C'est aussi le pays natal de Paul-Jacques Bonzon, qui est né 31 août 1908 à Sainte-Marie-du-Mont. Il s'agit en fait de Barneville-Carteret, mais l'auteur comme les enfants et leurs familles ont préféré que la localité reste secrète. C'est ainsi que les romanciers se garent des publicités, trop tapageuses à leur goût pour leur vie privée. Monsieur Bonzon n'habitait plus cet endroit depuis longtemps, il avait rempli sa carrière dans la Drôme, loin au sud de la France. Il habitait toujours cette région méridionale où son épouse avait vu le jour, mais son cœur de Normand était resté très attaché aux bocages cernés par la mer. Il est bien possible qu'un jour de beau temps, moins rare en Normandie qu'on ne le laisse entendre, ils se soient rencontrés sur la plage, ou à la terrasse d'un café que les cousins affectionnent lorsque, après leurs balades en bicyclette et assoiffés, ils se rafraîchissent. Probablement, Paul-Jacques Bonzon entendit les « horsains », c'est ainsi qu'on appelle les vacanciers dans le coin, parler de leurs aventures, prêta l'oreille et fut séduit par leur petite bande résolue à défaire les injustices. Il faut dire que ce monsieur n'était pas n'importe qui. Il les a un peu intimidés au début, un ancien instituteur, directeur d'école puis écrivain pour la jeunesse, en voilà des qualités qui impressionnent les enfants. Bichette a même fui, il n'a fait que l'entrapercevoir, ce qui explique son rôle un peu effacé au cours du premier récit, les garçons ont un peu fait les malins, profitant de son absence. Le romancier a si peu vu la fillette qu'il l'a faite parfois brune, alors que son frère Marco la décrit blonde, sans l'ombre d'un doute, dans une rédaction : « *Bichette qui a onze ans, des cheveux blonds, un petit nez pointu... et un caractère plus pointu encore*. »

Et du caractère, elle en a, si son frère et ses camarades la taquinent un peu trop, sa vivacité leur fait regretter d'avoir exagéré. Elle leur a prouvé plus d'une fois que son courage et sa détermination n'avait rien à envier aux garçons. Après avoir été raillée gentiment pour sa méprise à propos des chaussures géantes découvertes dans le *Secret de la malle-arrière*, Bichette inspirera plus de respect. Gérard, le jeune muet, lui accorde immédiatement sa confiance dans l'affaire des *Étranges locataires*, et malgré ses préventions, elle découvre dans cette enquête difficile, au mépris du danger, que sous son allure de mauvais garçon, le suspect est un jeune homme malheureux, passionné de fusées. « *Au fait, je ne sais pas pourquoi je te raconte tout ça, à toi, une fille ; tu ne peux pas comprendre.* » « *Si, dit Bichette, je comprends très bien.* »

Paul-Jacques Bonzon ne réussira jamais à apprendre son véritable prénom, un secret mieux gardé que les planches à billets de l'état. Monsieur Paillot l'avait surnommé Bichette parce qu'elle tenait des chevrettes la manie de sautiller, le petit nom affectueux ne l'avait plus quitté. Cependant, la fillette perdit rapidement sa timidité au contact amical de l'écrivain. Il connaissait bien les enfants et savait comment gagner leur confiance, après une carrière dans l'enseignement toute vouée aux méthodes chaleureuses du pédagogue Freinet. Il publiait des romans pour la jeunesse appréciés dès les années 1940 et, depuis qu'il avait pris sa retraite en 1961, il avait intensifié ses activités d'écriture.

Alors que plusieurs manuels de lecture suivie sortaient des presses de l'éditeur Delagrave, à destination de la très sérieuse Éducation Nationale, il avait signé un contrat avec les éditions Hachette pour une série romanesque consacrée aux Six Compagnons, des adolescents courageux de Lyon. Les prouesses de ces jeunes Lyonnais avaient fait forte impression chez les lecteurs de la « Bibliothèque Verte », leur attention pour la détresse qui les entourait forçait l'admiration. Paul-Jacques Bonzon était heureux d'avoir réussi à captiver les plus grands avec ses récits, un peu tristes comme la réalité, mais empreints de bravoure devant l'adversité, il désirait donc présenter un portrait similaire adapté aux plus jeunes. Ces petits banlieusards parisiens, débrouillards, déjà autonomes, l'ont enchanté, il s'est lancé aussitôt dans les histoires de leurs aventures.

Les éditions Hachette, conquises à leur tour, envoient un illustrateur de la maison, Jacques Fromont qui dessine depuis les années 1950. C'est à lui que l'on doit les portraits vivants et animés des enfants, des protagonistes, mais aussi des scènes de banlieue parisienne et de la Normandie. Le premier volume paraît à la fin du premier trimestre de 1966.

La suite, tout le monde la connaît ou le devrait, à travers la vingtaine de romans, depuis *Où est passé l'âne Tulipe ?* en 1966 jusqu'au dernier, *L'Homme au nœud papillon*, publié en 1978, quand Paul-Jacques Bonzon disparaît à Valence le 24 septembre, laissant la Famille H.L.M. orpheline.

Les cousins auront côtoyé une multitude de personnages attachants, souvent issus de milieu modeste, en butte à des drames quotidiens. Suzy et son chat Mistoufle, découverts dans *Le Secret de la malle-arrière*, qui ne veut pas croire que son grand-père, un clown merveilleux, les a abandonnés au baraquement de Bréteil. Dans *Luisa contre-attaque*, la ballerine portugaise de douze ans tout juste débarque en France à la recherche de son frère immigré et disparu. Jim l'acrobate de la *Rue des Chats-Sans-Queue*, à Aubervilliers, rêve d'offrir un poste de télévision à sa grand-mère ; il est victime d'un accident alors qu'il travaille dans un film, les cousins découvrent qu'il s'agit d'un acte criminel. Une vieille dame est terrorisée par des messages anonymes menaçant ses quatre chats et le Diable a l'air de la partie pour la faire déguerpir du H.LM. Les enfants de la Cité Neuve recevront l'aide de personnalités incongrues, une très parisienne comtesse anticonformiste, la pipe à la bouche dans *Le Secret de la malle-arrière*, Zanzibar, un colosse africain exploité dans *Vol au cirque*, par exemple. Sans oublier le soutien de leurs parents, un peu dépassés quelquefois, leur accordant autant de confiance que leurs enfants leur accordent ; Madame Paillot prompte à préparer un solide repas pour eux ou pour n'importe quel invité à deux ou quatre pattes ; Monsieur Paillot, le recours efficace pour les actions officielles au commissariat ; Madame Plumet, parfois impressionnée par les visiteurs, qui n'hésite pas à utiliser ses clefs ou le téléphone de la loge. Et si les agents de police et les gendarmes sont souvent un peu obtus, les gardiens et les employés peu aimables avec les enfants, certains malotrus sans égard pour les petits, il y a toujours des petites gens prêtes à rendre service, à Colombelle comme dans le reste de la France.

(Christine Luce)

SCOOBY-DOO!
Read the monthly comic book based on the classic cartoons!
VISIT COMICSHOPLOCATOR.COM OR CALL 1-888-COMIC-BOOK
SCOOBY-DOO and all related characters and elements are trademarks of and © HANNA-BARBERA.
DCKIDS.COM

Affiche publicitaire pour une adapation en comic books. *© DC Comics.*

Chapitre quinze

Scoubidou

Il s'agit d'une de ses petites bourgades étranges du territoire des États-Unis. Il y a comme ça des villes fâcheusement réputées pour leur propension à attirer les phénomènes occultes : on pensera par exemple à Providence sur la côte Est, à Salem dans le Massachusetts, à Eerie dans l'Indiana ou à Sunnydale en Californie.

L'on pourrait croire qu'une telle réputation pourrait constituer un handicap dans la gestion d'une vie municipale, mais Crystal Cove, également située en Californie, dans le comté d'Orange, trouva à la fin des années soixante à tourner cela à son avantage. Le syndicat d'initiative local décida en effet de capitaliser touristiquement sur les phénomènes supposés pour la proclamer « ville de tous les mystères ». Ainsi donc, une industrie touristique florissante devint l'apanage de « l'endroit le plus hanté de la planète » (à croire qu'il y avait des citoyens d'origine écossaise au conseil municipal).

Brodant sur le thème, les brochures produites à cette époque se mirent par conséquent à élaborer la légende de Crystal Cove, avec comme point d'origine la disparition en 1632 d'une garnison complète de conquistadors espagnols, dans la zone portuaire. Puis en 1765, la non moins mystérieuse disparition de toute une congrégation de missionnaires. Avouons qu'ensuite, le zèle des rédacteurs touristiques peina à découvrir d'autres faits aussi fâcheux, puisqu'avec la découverte d'un filon aurifère par un certain Cleptus Darrow, la région de Crystal Cove bénéficia d'une prospérité resplendissante – quoique la famille de Darrow disparut à son tour, un terrible soir d'Halloween…

Ignorés des rédacteurs de la brochure destinée aux touristes, bien d'autres faits mystérieux continuèrent à se produire en vérité, et des groupes successifs se constituèrent en toute discrétion afin d'arpenter la région et d'en élucider année après année les événements occultes : au fil des décennies, se transmirent ainsi la mission de vérité différentes équipes de détectives de l'étrange. La « fraternité du mystère » et leur âne Gordo ; l' « alliance du mystère » et leur putois El Fungi ; le « gang du mystère » et leur taureau Tini ; la « loge philanthrope des mystères » et leur Orang-Outang Mr Pitchis ; la « confrérie du mystère » et leur chat Ouiskers… Jusqu'à finalement, le groupe « Mystery, Inc. » composé de Ricky Owens, Cassidy Williams, Brade Chiles, Judy Reeves… et leur perroquet !

Car l'un des éléments constants de chacune de ces équipes d'enquêteurs de l'étrange fut la présence d'une mascotte, un animal de compagnie. À cette composante, Mystery Inc. (en français, « Mystères associés » ou « Mystère et Cie ») ajouta un véhicule, un van surnommé la *Enigma Machine*.

Tout ceci vous semble étrangement familier… mais curieusement différent, peut-être ?

Eh oui, car à partir du 13 septembre 1969, la chaîne de télévision américaine CBS se mit à diffuser un programme intitulé *Scooby-Doo, Where Are You!* (en français, *Scoubidou*)

– sur une case horaire chargée de concurrencer le succès d'une autre chaîne : les *Hardy Boys* d'ABC, un duo de jeunes détectives connu depuis longtemps.

Et l'équipe ainsi mise en vedette avait encore changé : toujours nommée Mystery Inc. cette nouvelle génération imposa définitivement sa marque sur un Crystal Cove jusqu'alors fort peu connu, et bien au-delà, avec le succès mondial et jamais démenti de ce qui devint la « franchise » Scooby-Doo, du nom de la mascotte de la nouvelle équipe.

Il s'agit désormais de figures bien connues, mais c'est essentiellement sous leur prénom que l'on se souvient d'eux : Shaggy (Sammy en version française), Fred, Daphné, Velma (Vera en V.F.)... et l'inénarrable Scooby-Doo (Scoubidou en V.F. bien sûr), le grand chien danois brun.

Ce dernier avec une particularité assez peu ordinaire pour un chien : Scoubidou parle ! Dernier descendant de Péritas, le chien favori de l'empereur Alexandre, ce sacré Scoubidou parle d'une voix pâteuse aux consonantes pas toujours bien fermes, mais il parle plus ou moins.

Dans une bourgade comme Crystal Cove, comment s'en étonner encore ?

Mais revenons sur le reste de l'équipe : le maître de Scoubidou, ou plutôt son ami humain, est un grand garçon dégingandé et un peu négligé, d'un style que l'on qualifie alors de beatnik et qui ne va pas tarder à être plutôt hippie. Sammy « Shaggy » Norville Rogers de son patronyme complet, les cheveux longs et le t-shirt verdâtre, est aussi boulimique que son compagnon canin, mais son tour de taille ne semble pas en souffrir. Neveu côté maternel d' un savant milliardaire nommé Albert Shaggleford, Sammy est également l'un des descendants du cow-boy Jack Rogers dit l'Élégant. Des ancêtres auxquels il s'efforce de rendre honneur... en dépit d'une propension assez marquée à la frousse. Rude existence que celle d'un détective de l'étrange pour un garçon aussi mou et téméraire que ce cher Sammy, mais cet archétype de l'étudiant américain « nerd » il sait toujours revenir à la charge et épauler ses amis.

Frederic Jones pour sa part, Fred pour les amis, correspondant plutôt à l'archétype de l'étudiant « jock » : un beau gosse musclé et blond, à la mâchoire bien américaine. Le type de joueur de football américain que l'on verrait plus communément sur les terrains de sport, mais en vérité Fred est bien le chef de l'équipe, toujours en première ligne pour mener une nouvelle enquête sur des faits mystérieux. Il se voudrait bricoleur, mais les pièges qu'il fabrique ne fonctionnent généralement pas, avouons-le. Quant à sa blondeur... Eh bien, si l'on vous disait que le téléfilm *Scooby-Doo et le Monstre du lac* nous apprit que Fred était brun à l'origine, et décida alors de désormais se teindre en blond ?

Daphné Blake pour sa part ne fait pas semblant d'être rousse, une de ces grandes rouquines à la beauté fatale, a priori de nature un peu évaporée – le genre qu'il faut tout le temps revenir sauver, vous voyez ? Mais en fait, Daphné sait également se faire entendre et possède un peu plus de jugeote que les premiers scénaristes de l'adaptation animée des aventures de Mystery Inc. ne daignaient lui créditer, avec un machisme bien *sixties*. Quant à son goût pour les mystères et les fantômes, c'est chez elle de famille : dans l'épisode « Scooby-Doo et le Monstre du loch Ness », on apprend que Daphné est l'une des descendantes de la famille Blake du Loch Ness, dont le château de famille, situé sur les rives du célèbre lac écossais, appartient toujours de nos jours à sa cousine Shannon.

Une fille qui sera toujours bien incapable de se conformer aux stéréotypes patriarcaux, c'est bien le dernier élément de cette équipe, mais pas le moindre : Velma Dinkey (curieusement renommée Vera en V.F.) est une petite brune à lunettes, est le vrai cerveau du groupe et pas le genre à s'en laisser imposer. Prenant bien souvent la direction des opérations, Velma est le solide moteur des investigations. D'origine allemande, elle descend de la famille von Dikenstein. Dans les années soixante-dix on ne parlait pas de ces choses-là bien sûr, mais dès le début du succès médiatique de *Scoubidou*, des voix laissèrent entendre que Velma n'était certainement pas trop intéressée par les mecs. Finalement, une mini-série laissa enfin la jeune femme faire son *coming out*. Quelle horreur, une héroïne lesbienne ! Fans conservateurs et commentateurs réactionnaires firent pas mal de bruit en 2022 lors de la diffusion d'un *spin off* d'origine. Seule Julie Bindel, chroniqueuse au *Guardian*, osa défendre – et avec enthousiasme – cette initiative. « Et elle acquière même une petite amie, sous la forme du très glamour nouveau personnage de Coco Diablo. Pour les lesbiennes comme moi, tous nos rêves deviennent réalité ! »[1] Hélas, de même que fans et auteurs ne se décident toujours pas en général à reconnaitre que Spirou est gay, ce fut trop pour la majeure partie des gens – une trop forte dose de réalité dans un environnement fantastique.

Et en parlant de moteur : comme leurs prédécesseurs, les nouveaux Mystery Inc. ont un véhicule. Et quel véhicule ! Leur van à la décoration *flower power* bien typique de la période hippie, se nomme la *Mystery Machine*.

Et ce fringant destrier est bien utile : de même que la romancière et détective privée Jessica Fletcher quitta rapidement l'univers *cosy* de la petite ville de Cabot Cove, dans le Maine, pour enquêter sur des crimes dans tous les États-Unis

1. « Scooby-Doo's Velma has finally come out as a lesbian? My dream has come true! », Julie Bindel, in *The Guardian* du 5 octobre 2022.

et même au-delà[2], les limites de Crystal Cove ne suffirent bientôt plus aux exploits de Mystery Inc.

Décidés à poursuivre l'élucidation des crimes apparemment fantastiques un peu partout, Sammy, Fred, Daphné, Velma et Scooby-Doo portèrent leur expertise (un mélange de panique, de curiosité, de pièges mal fichus et d'astuce opiniâtre) sur tous les territoires. S'inscrivant finalement dans la longue histoire des chercheurs en démystification, le petit groupe ne cessa de démasquer des *janitors* déguisés en fantôme (« Mais, c'est monsieur Machin ! »), des agents immobiliers travestis en démon (« Jinkies ! » s'exclame Velma) ou n'importe quelle autre figure d'autorité soucieuse d'exploiter une légende locale ou des superstitions à ses fins personnelles (et Scoubidou de triompher d'un « Scooby-Dooby-Doo ! » final).

Icône mondiale, influence de nombreux autres groupes plus ou moins similaires, le gang de Scoubidou originellement dessiné par Iwao Takamoto n'a plus jamais cessé de hanter (pardon) les petits et les grands écrans, ainsi que l'imaginaire de notre époque.

(André-François Ruaud)

Affiche publicitaire pour le film de 2002. © Warner Bros. Pictures.

2. Série *Murder, She Wrote* (*Arabesque* en V.F.), 1984-1996.

BE AFRAID. BE KIND OF AFRAID.
SCOOBY-DOO
DAPHNE SHAGGY VELMA FRED
DOO HAPPENS JUNE 14

SANS ATOUT
CONTRE L'HOMME
DAGUE
Boileau-Narcejac
jeunesse poche
policier

Couverture de
Sans Atout contre
l'homme à la dague,
1971.

Chapitre seize
Sans Atout

François Robion était un jeune garçon aux multiples talents, et le moindre de ces talents ne fut pas de se trouver des biographes aussi renommés que le duo d'écrivain Pierre Boileau (1906-1989) et Thomas Narcejac (1908-1998), alias Boileau-Narcejac. Des plumes qui menèrent de concert presque toute leur carrière, grands spécialistes du roman policier et auteurs de nombreux thrillers à succès. Bien sûr, c'est certainement son père, le grand avocat parisien maître Robion, qui connaissaient Boileau-Narcejac. Il n'en reste pas moins que si l'auteur se pencha avec une telle assiduité sur la jeune existence de François, c'est bien parce qu'il développait une intelligence et des capacités hors normes.

Le rejeton Robion n'est pourtant pas exactement un enfant facile : réservé et même un peu froid, il n'apprécie pas l'exubérance et, sauf lorsqu'il pique une colère, fait preuve d'une retenue assez inhabituelle pour quelqu'un qui n'a que quinze ans lorsque ses aventures débutent. « *François, d'une intelligence exceptionnelle, était premier partout, ou presque. À quinze ans, il dominait sans effort la classe de première*[1] ». Il ne manque pas d'orgueil, non plus – héritage certainement de son paternel, qui sue l'arrogance et le paternalisme hautain dans tous ses propos. Alors, pas sympathique, ce jeune François Robion ? Eh bien si, pourtant, parce qu'il est curieux de tout et que sa vivacité intellectuelle compense ce qu'il peut avoir de froideur dans les relations sociales. Entre les extraits de ses journaux (tel celui qu'il tiendra sur l'île d'Oléron) et la reconstitution minutieuse de ses faits et gestes par ses biographes, on s'attachera vite à ce destin de jeune détective – le destin de Sans Atout. Ah oui, car François se fait plus volontiers appeler Sans Atout : « *Le sobriquet lui avait plu. D'abord, il avait valeur d'excuse.* « *Œil de Faucon* », *cela signifie qu'on a une vue perçante…* « *Nez de Cuir* », *qu'on a un morceau de cuir à la place du nez… Et* « *Sans Atout* », *qu'on est privé de cette qualité maîtresse, de cet atout maître, l'ordre. C'est ainsi. On n'y peut rien. Inutile de s'expliquer, de faire un effort, Sans Atout on est, Sans Atout on reste !* »

Encore une fois, il y a une certaine forme de morgue à s'affirmer ainsi Sans Atout, à afficher son désordre sans daigner chercher d'excuses. François Robion, Sans Atout, est ainsi : ferme, d'un bloc, sans concessions. Idéaliste, aussi, cela va avec cette forme d'intransigeance adolescente. Quant au surnom, eh bien nous sommes au tout début des années 1970, le scoutisme bat encore son plein, et si Sans Atout ne fréquentera jamais les équipes et patrouilles chères au cœur de ses contemporains, Chat-Tigre[2], Poulain et autres

1. Boileau-Narcejac, *Sans Atout et le cheval fantôme*, Rageot, 1971.

2. De son vrai nom Michel Mercadier, ce jeune Parisien fut élevée par sa mère veuve (son père trouva la mort en Indochine, il était officier) et soutenu par son oncle, un juge renommé. Habitant un appartement dans le 15eme arrondissement, au 45 rue des Favorites, le Chat-Tigre verra ses quelques enquêtes publiées dans la collection « Signe de piste », sous la

Mouche[3], il en partage la plupart des valeurs. « Valeurs », le terme n'est pas trop fort : à relire aujourd'hui les textes de Boileau-Narcejac, le contexte social frappe par son omniprésence : François Robion dit Sans Atout, fils d'un avocat d'assises, appartient au même monde de la haute bourgeoisie que Michel Mercadier, dit Chat-Tigre, neveu d'un juge. Nous ignorons si les deux jeunes détectives eurent jamais l'occasion de se rencontrer, mais leurs pères se connaissaient forcément. Il y a un tout monde entre les fréquentations et les préoccupations de Sans Atout et ceux d'autres de ses contemporains, les gamins des pentes lyonnaises connus sous le surnom des Compagnons de la Croix-Rousse.

Ainsi, la première enquête menée par Sans Atout concernera-t-elle… le château familial ! Certes, un assez petit château, celui de Kermoal sur la côte du Finistère, mais tout de même. Lorsqu'il arrive au château, que tiennent un vieux couple d'intendants, les Jaouen, le climat est étrangement tendu… Il paraît qu'un cheval fantôme roderait dans les environs ! Plus qu'il paraît, en fait : François lui-même va assister à l'une des mystérieuses apparitions. Invisible, le cheval fantôme fait sonner ses sabots derrière le château, s'arrête, repart… « *La chaleur commençait à l'engourdir ; cependant, il réfléchissait toujours, procédant par élimination, comme il en avait l'habitude. Si on écartait l'hypothèse du fantôme, que restait-il ? Est-ce que quelqu'un se cachait dans le château ? Un prisonnier évadé ? Peu vraisemblable. Des contrebandiers ? Tout cela ne tenait pas debout.* » Machination, bien entendu, et en ces vacances de Pâques 1970,

---

signature de Mik Fondal (en vérité les écrivains Serge Dalens et Jean-Louis Foncine, avec l'aide de Bruno Saint-Hill et Jean-François Bazin).

3. La Patrouille des Castors, dont les enquêtes et les aventures furent fidèlement chroniquées par Jean-Michel Charlier et Mitacq dans des bandes dessinées chez Dupuis, à partir de 1954 (voir chapitre 7).

Sans Atout saura la déjouer – pour un résultat doux-amer, car l'on ne joue pas au détective sans conséquences.

Brillant, Sans Atout est également de santé fragile : à cette époque, si le fléau de la tuberculose est éradiqué depuis l'arrivée des antibiotiques, après guerre, il est encore courant que les enfants souffrent d'insuffisance respiratoire. Tombé malade au mois de juin, Sans Atout s'est vu conseiller une cure à Chatel-Guyon par le médecin de famille – à son grand émoi, car il ne pourra donc pas retourner tout de suite profiter du château de Kermoal. Grognon, François n'est pourtant pas à plaindre : « *Mes parents me laissent libre. Je vais, je viens, comme je veux. J'ai de l'argent. Alors ?... Est-ce que je ne serais pas un peu odieux, par hasard ? Mais voilà : pendant les vacances de Pâques, j'étais devenu un personnage important... J'avais percé à jour le mystère de Kermoal... et maintenant, je ne suis plus qu'un curiste, l'affreux mot !*[4] » L'orgueil de Sans Atout lui jouera d'ailleurs un mauvais tour, durant ce séjour, le jeune homme se faisant manipuler par des journalistes. Mais quoi : cette affaire du tableau maudit, il la résoudra également.

Il convient ici de noter que l'éditeur actuel des Sans Atout fait preuve d'un bien triste mépris pour son patrimoine : les textes proposés par la collection « Folio Junior » sont truffés de fautes, les illustrateurs sont crédités de travers, et surtout, l'ordre de la collection est erroné. *Les Pistolets de Sans Atout* est sa troisième enquête, pas sa deuxième. Rejoignant à Londres son correspondant anglais, Bob Skinner, Sans Atout va découvrir une capitale britannique où les hippies se tiennent assis autour du bassin de la colonne Nelson – l'ère des punks n'est pas encore arrivée – et où automates

4. Boileau-Narcejac, *Sans Atout contre l'homme à la dague*, Rageot, 1971.

et enlèvements vont le plonger dans une nouvelle enquête, aux conséquences plus sombres encore que sa première.

N'en déplaise aux éditions Gallimard, la quatrième affaire de notre jeune limier est *Sans Atout dans la gueule du loup*, où un séjour en Lozère lui permettra d'explorer un réseau de grottes et de découvrir un mystérieux blessé, aussitôt disparu. Qu'est-ce qui se trame donc à Saint-Chély-d'Apcher, cette petite ville de 5 000 habitants ?

Il en va de Sans Atout comme de tant d'autres détectives avant lui, grands ou petit : un fois pris le virus des enquêtes, il semblerait que chaque déplacement, chaque occasion place sur son chemin une nouvelle énigme, un événement plus ou moins bizarre. « *D'abord, qu'est-ce que je peux fabriquer dans l'île d'Oléron, au mois de mai, en pleine période scolaire ? Ça, c'est la faute de ma bronchite.*[5] » Ayant encore été malade en ce début d'année 1971, François doit se reposer au château de Bugeay, sur l'île d'Oléron, et… qui dit château et Sans Atout, dit aussitôt fantômes et enquête !

Boileau-Narcejac, en fidèle biographe, relatera encore trois autres aventures de Sans Atout, avant que celui-ci n'atteigne le cap de l'âge adulte et, peut-on le craindre, de la fin des enquêtes : *Une étrange disparition*, *Le Cadavre fait le mort* et *La Vengeance de la mouche* (cette dernière une fois de plus lors d'une cure). En dépit de la chancelante santé de François Robion dit Sans Atout, ç'aura été ce que l'on appelle une jeunesse bien occupée.

(Vivian Amalric)

---

5. Boileau-Narcejac, *Sans Atout et l'invisible agresseur*, Rageot, 1984.

Illustration de Henriette Munière pour Les 3N dans l'île aux cygnes, *1978.*

Chapitre dix-sept

Les Trois N

Depuis combien de temps n'était-il pas revenu à Brunières ? Malgré la distance et ses constants déplacements aux quatre coins du globe, il recevait régulièrement des nouvelles de ses parents, qui étaient vieux maintenant mais continuaient à jouer les touristes insatiables, de sa sœur, de sa famille par son cousin. Comme leurs chemins divergeaient ! Et pourtant, chaque cheminement lui semblait programmé dès leur enfance. La gourmande Nathalie tenait l'une des meilleures tables de la région, Noël, son cousin, avait fait de longues études et était maintenant à la tête d'un département de recherches dans une multinationale. Et lui, il courait le monde. Finalement rien n'avait changé depuis leur enfance, depuis leurs premières enquêtes vers l'âge de dix ans...

Les montagnes étaient là, tout autour. Il devinait les sentiers parcourus avec leurs jambes d'enfants, les pentes escaladées en bicyclette et les descentes vertigineuses. Ses yeux se plissaient pour tenter d'apercevoir les petites constructions, parfois en ruines ; perdues dans la montagne, ces repaires, ces refuges et ces cachettes d'enfance.

Ils avaient partagé plus que de jeux d'enfants en résolvant des énigmes, se mêlant d'enquêtes et assistant la police. Ces aventures avaient rapproché les cousins. Noël, orphelin à dix ans, recueilli par les parents de Nicolas et Nathalie Renaud, resterait toujours comme un frère pour les deux autres. Ils n'étaient plus des enfants et l'âge adulte, s'il les avait éloignés géographiquement, n'avait rompu nul fil de cette solide fraternité.

L'aventure – que Nicolas, que tout le monde appelait Nick depuis l'enfance, cherchait partout dans le monde, dans la jungle amazonienne, sur la Grande Muraille de Chine, dans les déserts africains – était alors au coin de la rue. Il y a eu par exemple cette histoire dans la rue des Jardins, où se dressait la villa des Renaud. Monsieur Vignon, le voisin, qui, depuis des années, n'avait pas vu son fils rêvant d'une carrière d'acteur, enlevé par deux malfaiteurs ayant eu vent de l'envoi à monsieur Vignon d'une forte somme d'argent pour acheter le haras de La Tuilière où père et fils pourraient vivre et travailler ensemble[1]. Noël avait douze ans, Nick onze et Nattie neuf.

Et cette première enquête dans la maison brûlée ! Un vieux monsieur après l'incendie de son immeuble avait confié la clef d'un placard à Noël. C'était sans doute leur enquête la plus dangereuse, car les Trois N avaient découvert une ampoule contenant une culture microbienne de la fièvre typhoïde suffisante pour empoisonner la rivière. Pour la première fois ils innocentaient un homme, René Balmont, accusé à tort de mener un trafic de voitures. Dans l'une des voitures, les vrais trafiquants avaient découverts

1. Roberte Armand, *Les 3 N et l'étrange voisin*.

une valise pleine d'ampoules microbiennes et avaient voulu s'en débarrasser. Déjà une intervention des Trois N sauvant la ville et conduisant en prison ces malfaiteurs idiots[2] !

Nick aimait particulièrement l'aventure au cours de laquelle les Trois N avaient rencontré Nabuchodonosor... un serpent python et Pénélope, une panthère appartenant à l'ancien explorateur M. Guillerme. Des cambrioleurs avaient eu l'idée de louer le python afin de neutraliser la panthère gardant la villa de l'explorateur pour lui dérober les trésors ramenés de ses voyages[3].

Nick n'a jamais eu la tentation accumulatrice. De ses tours du monde, il n'a fait qu'envoyer parfois un cadeau à Nathalie et Noël mais pour lui-même il n' a gardé que les souvenirs inscrits dans sa tête.

Les animaux ont toujours été la passion de Nathalie. Tout le monde pensait qu'elle reprendrait un jour la clinique vétérinaire de l'oncle Edouard. Il a soigné le chien jaune qui a aidé les Trois N à mettre au jour un trafic de tableaux que des brocanteurs indélicats faisant sortir d'un musée, barbouillaient pour les camoufler avant de les revendre[4].

Les vacances en Bretagne en août 1971 les avaient conduits sur la piste de voleurs de bijoux.

Ils avaient pourtant tout pour savourer des vacances au calme dans la « coquette maison blanche perchée sur une dune et dominant l'océan », Ker Maryvonne, où les gardait Melle Biche pendant que les parents Renaud faisaient le tour de la Bretagne. Mais il avait fallu que Nathalie pêche miraculeusement un coque contenant une perle pour que les vacances tournent à l'aventure.[5]Les vieilles pierres bretonnes,

2. *Les 3 N et la maison brûlée.*
3. *Les 3 N et le serpent python.*
4. *Les 3 N et le chien jaune.*
5. *Les 3 N et la pêche miraculeuse.*

du dolmen de Keraviel aux remparts moyenâgeux de Saint-Aubin n'avaient plus de secrets pour eux.

Dans la vallée de la Sauvagine, à proximité de la villa de l'oncle Edouard et de la tante Rose, c'est un radeau miniature sur la minuscule voile duquel un S.O.S. était inscrit que Nathalie avait recueilli. L'histoire était complexe. Un usurpateur profitant du secret d'une dette garantie par un bouton d'argent voulait délester un honnête ancien éleveur nommé M. Delcourt. Pour la première fois les 3 N avaient vu ce M. Delcourt manipuler des bolas, pratique ramené de la lointaine pampa argentine. Le rêve du voyage pour Nick, l'intérêt technique pour Noël et le plaisir du jeu pour Nathalie[6].

Une fois ce fut une émission de dédicace à la radio qui livra à Noël, toujours prompt à réfléchir, la clef d'une série de cambriolage : les malfaiteurs se contentaient d'écouter « le disque de l'amitié » pour repérer les maisons vides[7].

Et les trésors découverts ! La course autour du monde de Nick ne lui a jamais permis d'en découvrir tant. Aide archéologue au Pakistan, terrassier en Amazonie ou simple curieux en Afrique, nulle part il n'a trouvé ces trésors comme les pièces romaines soustraites par des malandrins au chantier de fouilles conduit par Arthur Fleury, ami de leur oncle sur la villa d'Octavius Fulvius à proximité du village d'Avray[8].

Ces statuettes de chats birmans dissimulant de précieux saphirs[9] avaient marqué Nick et sans elles serait-il parti en Asie quelques années plus tard ?

Chez un petit brocanteur qui ne payait pas de mine, mais qui avait une mine patibulaire, ils avaient retrouvé un trésor,

6. *Les 3 N et le bouton d'argent.*
7. *Les 3 N tendent un piège.*
8. *Les 3 N et l'épouvantail.*
9. *Les 3 N et les chats birmans.*

une icône de grande valeur, et démantelé un trafic d'œuvres d'art et d'antiquité[10].

Ou encore à proximité d'un puits, les Trois N parvinrent à faire prendre une bande très organisée cambriolant les bijouterie, fondant les bijoux, transportant et vendant son butin[11]. Même dans la maison d'un garde-barrière, ils pouvaient mettre à jour un tableau de Van Gogh[12] ! Et quand dans l'allée d'un château étaient cachés depuis un siècle des bijoux dans l'amphore d'une statue, il suffisait de déchiffrer un cryptogramme dissimulé dans des poupées anciennes pour les révéler[13].

Eh oui, quand ils étaient enfants une simple promenade en barque les conduisaient sur la piste d'un héritage en voie de spoliation[14]. Ce n'était pourtant pas toujours drôle et jamais facile. À tour de rôle, ils durent se cacher, furent séquestrés ou enlevés. Les malfaiteurs ne leur faisaient pas mal mais que de frayeur ! Et toujours l'un des trois N pour venir au secours des deux autres quand ils étaient mal pris.

Les noms des villes et villages de son enfance lui traversaient l'esprit : Brunières bien sûr, Volny où le grand-oncle Edouard Besson exerçait comme vétérinaire, Sillinges, Serrebrune le village d'altitude baigné par le lac du Ponsonnet où ils passèrent leur vacances en juillet 1971. Il se souvenait de ce temps où le jour de repos en semaine était le jeudi pour les enfants. C'étaient les derniers jeudis : en septembre 1972, les mercredis les remplaçaient. Pendant ces jeudis, les week-ends ordinaires ou de Pentecôte, les vacances de Pâques ou d'été, le hasard les conduisait vers ces aventures palpitantes.

---

10. *Les 3 N et les voleurs d'images.*
11. *Les 3 N et le puits hanté.*
12. *Les 3 N sont sur la voie.*
13. *Les 3 N et les jumelles.*
14. *Les 3 N dans l'île aux cygnes.*

Le trio des Trois N allait se reformer pour un triste événement. Melle Biche, la sportive, celle qui les gardait quand les parents Renaud partaient en voyage, la judoka, amie des bêtes, adepte de la gymnastique matinale, la demoiselle increvable, était morte. Il l'avait appris à Paris entre deux avions et s'était laissé convaincre d'assister aux obsèques de la plus de centenaire. Revoir...

« Brunières, deux minutes d'arrêt ! »

La voix du haut parleur du train le tira de sa rêverie. Il se souleva du siège et se détendit.

Les années ne lui avaient pas ôté sa vivacité. Sa chevelure brune était plus clairsemée mais ses muscles roulaient toujours sous ses vêtements.

D'un geste d'épaule, il jeta son sac sur le dos. Il respirait l'odeur de la ville de son enfance. Vue de la gare, elle n'avait guère changé.

La quarantaine d'années passées avait tassé la différence d'âge entre les Trois N. La petite Nathalie plus jeune d'un an et Noël le cousin raisonnable d'un an son aîné l'attendaient sur le quai de la gare.

Dès sa descente sur le quai, Nick ne put s'empêcher de taquiner sa sœur :

« Eh bien, la grande cuisine ne te profite pas autant que ne le faisaient les crêpes de Melle Biche !

– Vilain ! répondit Nathalie.

– Vous n'allez pas recommencer », les coupa Noël.

Et tous trois rirent de bon cœur...

« Nick, Nathalie, Noël... Les Trois N sont réunis de nouveau ! » lança Noël, et tous trois de partir bras dessus, bras dessous.

Sur le chemin, ils évoquèrent leurs souvenirs pêle-mêle, comme à chaque fois qu'ils se voyaient. Autant les contacts téléphoniques, par les réseaux sociaux ou par mail, les amenaient à se donner mutuellement des nouvelles, autant les retrouvailles étaient toujours le moment de se remémorer leurs exploits d'enfants.

Sans cesse, ils en revenaient à leur rencontre avec Roberte Armand, leur biographe. Combien de manuscrits n'avaient jamais paru, laissé au fond des tiroirs d'une maison d'édition qui souhaitait changer de politique et arrêta la série des « Trois N » ?

Ils auraient eu encore tant à raconter à Roberte Armand... Elle avait mis près de dix ans à narrer leurs deux années les plus marquantes, et encore n'avait-elle pu tout publier en raison d'un changement de politique éditoriale chez son éditeur.

Autour d'un café, complété par un impressionnant plateau de sablés cuisinés par Nathalie, les trois N conversaient. Il y avait des rires dans les yeux, le plaisir de pouvoir encore et encore se souvenir de ces enquêtes, du commissaire Carrier, ami de monsieur Renaud, qu'ils avaient si souvent mené sur la piste de malfaiteurs.

Tous avaient gardé en mémoire cette période de l'année 1971 jusqu'aux vacances d'été de 1972. De si nombreuses enquêtes les avaient faits frémir, trembler, exploser de joie quand une bonne quinzaine de délinquants avaient été mis hors d'état de nuire grâce à leur intervention et quelques innocents complètement disculpés. Oui, ils avaient œuvré pour la justice et cela les avait marqués à vie.

Noël, le grand blond raisonnable, Nick le brun remuant et la vive Nathalie !

(Philippe Ethuin)

Illustration de Jacques Poirier pour L'Aigle qui n'avait plus qu'une tête, *1973*.

Chapitre dix-huit

Les 3 jeunes détectives

À l'occasion de la sortie au cinéma du film de Peter Jackson avec Sean Astin, *Les Foudres de Jupiter*, qui retrace le destin exceptionnel de Jupiter Jones, penseur, hédoniste et incroyable enquêteur qui a révolutionné la planète en retrouvant les auteurs (et le butin) du fameux « casse du siècle » il y a maintenant cinq ans, nous avons rencontré la personne qui l'a élevé et a été le témoin de ses premiers pas de limier au sein des maintenant légendaires « 3 jeunes détectives ». C'est dans le salon étonnamment préservé de l'ex « Paradis de la Brocante » que notre envoyé spécial a rencontré Mathilda Jones, la tante de Jupiter, connu également sous le pseudonyme d'Hannibal Jones.

– Bonjour Madame Jones.

– Appelez moi tante Mathilda, jeune homme, tout le monde le fait... Et vous êtes si jeune que vous me faites penser à ce beau gosse de Peter.

– Vous faites allusion à Peter Crenshaw, le jeune détective ?

– Mais bien entendu, qui d'autre ? Vous savez, j'ai beau avoir 90 ans passés, j'ai toujours bon pied, bon œil et je me souviens de nombreux détails sur mon Babal et ses deux amis, Bob Andrews et Peter Crentch, auquel vous me faites penser... Grand, brun, un peu gêné... Même s'il était plus musclé que vous ne l'êtes, de toute évidence ! (petit gloussement amusé et clin d'œil)

– Des qualités essentielles pour un détective, je suppose ?

– Vous plaisantez ? Jupiter ne possédait aucune de ces « qualités » et vous serez le premier à convenir qu'il était un détective hors pair, n'est-ce pas ? Déjà tout jeune, quand il a décidé, sans me le dire vous vous en doutez bien, il savait très bien que je n'aurais jamais donné mon accord, de fonder une agence de détectives privés, il n'avait pas le physique d'un jeune premier. Il avait même fait du cinéma avec un certain succès dans le rôle de Baby Fatso (Baby Patapouf), mais il n'était pas fier de ce succès à base de moqueries et de tartes à la crème et il se faisait fort de dissimuler ce fait d'arme... À voir votre air surpris, je pense qu'il y avait bien réussi... Certes, il avait de l'embonpoint, était très vite essoufflé, mais son esprit d'observation, sa curiosité, sa logique et sa mémoire étaient tout ce dont il avait besoin, ça je peux vous le dire...

– Vous me décrivez là un parfait exemple de complémentarité, le « couple » idéal en quelque sorte...

– Ce serait un peu caricatural, jeune homme, la vie n'est pas en noir et blanc comme peuvent l'être les romans... Il est vrai que Pete et Babal se complétaient très bien, mais les jeunes Détectives étaient un trio et il ne faudrait pas oublier Bob Andrews...

– Parlez-nous de lui...

– Eh bien, c'était un jeune homme très discret, ce que l'on appelle à cet âge un « rat » de bibliothèque... D'ailleurs, il y travaillait pour occuper ses loisirs et améliorer son argent de poche. Son père était journaliste, vous savez, et il était pour ainsi dire déjà formé à la recherche d'information. Si je me souviens bien, lorsque Babal a créé son « club », Bob portait encore cet horrible appareil orthopédique, suite à sa chute dans les collines de Santa Monica. Bien sûr, cela le handicapait un peu, mais comme vous l'avez dit vous-même, leur association fonctionnait d'autant mieux que leurs rôles au sein de celle-ci était très diversifiés. Cela dit, le petit « rat » s'est bien transformé à l'adolescence : il travaillait dans le milieu musical et avait un succès tel auprès des filles que ses deux amis étaient on ne peut plus jaloux... À se demander d'ailleurs s'ils étaient jaloux de ne pas si bien tomber les demoiselles ou de ne plus avoir leur troisième comparse si souvent à leurs côtés... Comme tous les adolescents, les filles et les automobiles étaient leurs deux centres d'intérêts, mais ils avaient la singularité d'être en plus « les Trois Jeunes Détectives » depuis des années et ça, ça marque une vie...

Attendez, je dois encore avoir quelque chose qui devrait vous intéresser... (elle se lève lestement, compte tenu de son grand âge, et se dirige vers un long bahut dont elle ouvre les tiroirs successivement en grommelant) Où l'ai-je fourré ? Je suis sûr qu'on en avait gardé quelques unes... Oh, Titus ! Tu as dû les changer de place... C'est toujours la même chose avec toi... Ah ! Les voilà... (Elle revient vers moi en serrant entre deux doigts un rectangle de carton blanc) Excusez-moi, avec les années on accumule les souvenirs...

– Vous avez mentionné « Titus » ?

– Vraiment ? Vous avez dû penser que je perdais l'esprit. Titus Andonicus Jones était l'oncle de Jupiter... Mon mari... Il est parti depuis 5 ans maintenant, Dieu ait son âme... C'était un homme remarquable et Babal et lui s'adoraient... Mais je m'égare, voici ce que je voulais vous montrer...

(Elle me tend le rectangle de carton et me voici en possession d'une relique inestimable : la carte originale de l'agence des Trois Jeunes Détectives !)

LES TROIS JEUNES DÉTECTIVES
Détections en tout genre
?
? ?
Détective en chef : Hannibal Jones
Détective adjoint : Peter Crentch
Archives et recherches : Bob Andy

– Magnifique… Donc, c'est ici qu'ils se retrouvaient ? J'ai entendu parler d'un repère secret...

– En effet, mais je n'en ai connu l'existence que bien des années plus tard. Voyez-vous, mon Titus tenait la plus belle brocante que la région ait jamais connue. On venait de dizaines de kilomètres à la ronde pour y faire des affaires exceptionnelles et il avait accepté de laisser à Jupiter un vieux mobil-home pour qu'il s'amuse... Mais ce rusé coquin l'a transformé en quartier général pour son association secrète (quand je dis secrète, comprenez bien que Titus et moi devions bien être les seuls à ne pas connaître la teneur de ses activités. Nous respections tellement son intelligence que nous lui laissions son autonomie...) Toujours est-il qu'avec ses amis, il avait empilé tant de matériaux et d'objets hétéroclites autour de ce mobil home que celui-ci était totalement dissimulé à la vue et que nous en avions oublié jusqu'à l'existence... Les filous avaient aménagés plusieurs entrées secrètes pour y accéder et Jupiter était allé jusqu'à y installer à ses frais une ligne téléphonique... Les trois jeunes détectives pouvaient mener leurs enquêtes en toute discrétion, sans que leur tante s'inquiète ou leur interdise quoi que ce soit... Que j'ai pu être naïve quand j'y songe !

– Jamais vous n'avez eu un soupçon de l'existence de l'activité des garçons ?

– N'exagérons rien, jeune homme... Même s'ils ont réussi au début à garder leurs activités pour eux (par peur que je les leur interdise ? J'étais un tel dragon ?), il était évident que cela nous reviendrait aux oreilles. Pensez qu'ils ont largement diffusé la carte que vous avez entre les mains. Et puis ils ont rapidement collaboré avec la police, le commissaire Reynolds (inspecteur à cette époque) leur a très vite apporté un soutien sans faille, quand il a constaté le sérieux et le succès des garçons. Il leur avait même confectionné une attestation assurant qu'ils travaillaient avec l'assentiment et la reconnaissance des services de police de la ville ! Cela débloquait bien des situations, car la première réaction quand les enfants annonçaient qu'il étaient détectives était l'incrédulité ou même l'hilarité... Les rires cessaient net quand ils produisaient le papier en question... Attendez, je devrais pouvoir vous la montrer : elle doit être dans le même tiroir... (elle trottine de nouveau et ramène cette fois-ci une carte verte :)

ATTESTATION

Je soussigné, Samuel Reynolds, inspecteur de police, atteste par les présentes que le porteur est un auxiliaire volontaire de la police municipale de Rocky. Il est demandé à toutes les autorités de lui porter aide et assistance.

Signé : Samuel Reynolds

Inspecteur de police

Ainsi, voyez-vous, ils avaient le champ libre et pouvaient démêler toutes sortes d'affaires : cambriolages, kidnapping, mystifications. Ils n'ont refusé aucun cas, n'ont reculé devant aucun mystère… Et donc, fatalement, même si je le désapprouvais, il ne m'était plus possible de l'empêcher… En revanche, c'est vrai que le secret de leur quartier général a été bien gardé. Comme je vous le disais tout à l'heure, l'oncle Titus ne cessait d'amener des tonnes de matériels divers dans ce bric-à-brac et nous avions complètement oublié cette fameuse caravane dissimulée derrière le meilleur des camouflages : des antiquités dans une brocante ! Impensable, non ?

– Si nous passions à leurs exploits ? J'ai du mal à croire que des enfants de 13 ou 15 ans aient pu résoudre des affaires de kidnapping…

– *(rires)* C'était la première réaction d'absolument tout le monde ! Mais il ne fallait pas longtemps pour qu'ils changent d'avis. Les cartes professionnelles, l'attestation de M. Reynolds ou le fait qu'ils se déplaçaient dans une Rolls-Royce aux garnitures en or, conduite par un chauffeur, leur donnait une assise que leur dégaine de *teenagers* ordinaires leur aurait empêché d'avoir… Et puis, leur efficacité remettait toutes les pendules à l'heure. Tenez, un exemple : un beau jour, mon Babal se fait enlever par deux hommes patibulaires et armés, qui l'avait confondu avec le fils d'un ministre africain. Un adolescent normal se serait retrouvé pieds et poings liés dans une cale de bateau en route vers l'Afrique et n'aurait jamais été retrouvé… Mais les 3 jeunes détectives n'étaient, sur ce plan, pas des « adolescents normaux » : non seulement Bob et Peter ont mené la police sur les lieux de la détention d'Hannibal, qui avait habilement balisé la piste, mais quand ils débouchèrent sur le lieux et assistèrent à la fuite en hélicoptère des ravisseurs, Hannibal, lui, leur avait faussé compagnie… Ensuite, ils convainquirent les policiers du Nanda de collaborer avec eux et non seulement ils retrouvèrent le fils du ministre, le sosie d'Hannibal, mais ils firent coffrer toute la bande !

– Impressionnant... Mais ils trouvaient assez de cas intéressant leur agence, dans une petite ville comme Rocky ?

– Vous savez tout peut devenir un cas pour une agence de détectives... Retrouver un animal perdu, débusquer un fantôme dans une maison hantée (ou prouver qu'il n'existe pas), empêcher un kidnapping, retrouver des bijoux volés, tout est possible... (sourire ironique) Surtout qu'on est aidé par quelqu'un de célèbre... Voyez-vous, Hannibal et ses amis ont un peu forcé la main au destin quand ils ont proposé à Monsieur Alfred Hitchcock, le Hitchcock aux films mondialement connus, de lui trouver une vraie maison hantée pour sa prochaine production... Bien qu'ils n'en ait pas trouvé une, le fait qu'ils démontrent brillamment que celle qui dominait Rocky était en fait réellement hantée par un acteur vivant qui cherchait à faire peur à la populace pour en conserver l'usufruit a suffi à impressionner considérablement le metteur en scène... Non seulement celui-ci les a pris sous son aile, bien qu'il ait toujours fait mine de prétendre le contraire pour que son personnage de misanthrope bourru ne soit pas pris en défaut, mais il leur a ensuite fourni de nombreuses affaires et n'a jamais manqué de faire leur promotion, même si cela ne me réjouissait guère de voir Hannibal et ses jeunes amis prendre des risques régulièrement...

– Ces risques étaient-ils permanent ?

– Ils étaient surtout aléatoires... Quand le vieux Dingo a laissé un testament sous forme de devinettes pour léguer sa fortune à qui les résoudrait et que les jeunes détectives furent engagés par sa belle-fille, spoliée par ce testament fantaisiste, on aurait pu penser que ce jeu d'esprit n'aurait présenté aucun risque... Grossière erreur. Les autres amateurs de trésor étaient nombreux et l'appât du gain a vite fait de tourner les têtes..

Même le jeune Skinny Norris, un voyou jaloux de mon Babal s'en est mêlé et, par sa faute, les trois amis ont bien failli mourir, précipité au bas d'une chute d'eau avec un bateau ! Il a fallu l'ingéniosité et les capacités physiques hors pair de Peter pour les tirer d'affaire... Un peu plus tard, c'est moi qui ai sauvé la mise de mes détectives en abattant sur le crâne d'un autre protagoniste la canne dont il les menaçait. Je suis d'un naturel charmant, mais il ne faut pas attaquer mes poussins !

– La fréquentation des fantômes et autres monstres leur a sûrement valu quelques frayeurs ?

– Bien entendu... D'ailleurs même si les monstres sont rarement ce qu'ils paraissent, ils n'en sont pas moins dangereux... Je me souviens qu'ils avaient ainsi enquêté sur des gnomes qui infestaient la maison de Miss Allward. Et bien ces êtres fantasmatiques, espiègles et vicieux étaient bien plus dangereux sous leur forme réelle d'hommes de petite taille, voleurs n'hésitant pas à recourir au rapt et autres moyens illégaux et criminels. Hannibal et ses amis ont pris des risques qu'ils n'auraient jamais dû prendre dans cette aventure, même si au final cela leur a réussi et qu'ils ont réussi à la fois a faire capturer des voleurs, a récupérer l'argent de la banque et à restituer un bijou d'une valeur inestimable... D'ailleurs, on pourrait même ajouter qu'ils ont sauvé la vie d'un homme, puisque le Monsieur Togati, le Japonais responsable de la ceinture Arc-en-Ciel, qui avait disparu, était bien proche de se faire seppuku pour effacer le déshonneur de son échec...

Et puis les pires des monstres, ce sont bien les êtres humains...

– Toutes leurs enquêtes n'étaient pas aussi dangereuses, je suppose...

– Comme toutes vos interviews ne sont pas aussi intéressantes, je suppose... Cela dépend forcément de ce qu'on leur demandait... Cela dit, les affaires les plus simples cachent parfois des ramifications insoupçonnées... Ainsi, lorsqu'ils se lancèrent à la recherche du perroquet de M. Fentriss, perroquet qui bégayait, d'ailleurs, ils n'imaginaient pas que leur recherche porterait bientôt sur sept perroquets... Et surtout que cette recherche animalière toute simple les mettrait sur la piste d'un trésor, les verrait en rivalité avec des collectionneurs peu scrupuleux et leur ferait mettre la main sur un magnifique tableau de la Renaissance ! C'est le problème avec la recherche de la vérité : elle se dissimule souvent sous de nombreuses couches de mensonges et de malhonnêteté et des détectives aussi consciencieux que Bob Andy, Peter Crentch et Hannibal Jones ne peuvent s'arrêter de fouiner, de gratter et d'ôter ses squames jusqu'à la dénuder et la révéler dans toute sa splendeur...

– Sur cette belle image, nous vous allons vous laisser, merci tante Mathilda pour votre accueil.

(Philippe Caille)

Illustration de Dodier pour une édition hors commerce de Un fauve en cage, *2000.*

Chapitre dix-neuf

Jérôme K. Jérôme Bloche

Année symbole s'il en fut : 1984 ! Mais le Grand Frère prophétisé par George Orwell ne s'est pas encore tout à fait concrétisé : tandis que le patriarche François Mitterrand règne sans partage sur la République française, cette année verra les pouvoirs de Matignon passer du socialiste Pierre Mauroy au chauve Laurent Fabius. La firme américaine Apple lance ses ordinateurs Macintosh en janvier, inaugurant une révolution de l'informatique domestique. Truman Capote et Henri Michaux s'éteignent, de même que trois grandes figures du septième art : l'homme de la jungle Johnny Weissmüller, le réalisateur français François Truffaut, et l'Américain Sam Peckinpah. Au sein de la Police Judiciaire parisienne, un certain Jean-Baptiste Adamsberg n'est encore que simple inspecteur[1], et du côté du quartier de Belleville – très exactement au 78 de la Folie-Regnault –, le fougueux Benjamin Malaussène, qui vient de quitter

1. Fred Vargas se fera plus tard sa biographe.

son emploi dans un grand magasin, est devenu directeur littéraire aux éditions du Talion.

Différents faits divers vont secouer la France en cette année 1984 : le pays se soulève ici et là en de vastes manifestations, certaines inspirées par des revendications sociales (celle des routiers), d'autres par des mouvements réactionnaires (les défilés des défenseurs de l'éducation catholique). Le 17 février, une petite vieille de Belleville se met à tirer sur tout ce qui bouge – la presse va la surnommer la « fée carabine »[2]. Bien plus tard, le 16 octobre, débutera la terrible affaire Villemin, avec la découverte dans la Vologne du corps d'un enfant de quatre ans, Grégory. Entre-temps, quelque part durant l'hiver, un drame va terrifier l'Opéra de Paris : un homme s'effondre, victime d'une fléchette empoisonnée. En deux mois, pas moins de quinze victimes déjà sont tombées, sans que la police parvienne à identifier le fou criminel qui fait pleuvoir ces dards fatals.

Un jeune homme de tout juste 20 ans, Jérôme K. Jérôme Bloche, va croiser la route du tueur : ce sera sa deuxième affaire, sa première en tant que professionnel.

« *20 ans ! J'avais 20 ans et je ne laisserai personne dire que c'est le plus bel âge de la vie ; D'une part parce que 19 ans c'était pas mal non plus… D'autre part, à cause de, et en conséquence du fait que quoi qu'on fasse ou qu'on puisse en dire, le monde est inflexible et dangereux ! Tout en effet menace un jeune homme de ce bel âge : la perte de la famille, l'entrée parmi les « grandes personnes », les amours, les amis, les idées, la violence qui accompagne le tout, et le même tout qui est réduit à la médiocre échelle d'une petite inquiétude privée !* » Le ton est donné : celui d'un jeune homme qui, sous ses dehors perpétuellement ébahis et naïfs, recèle des trésors d'ingéniosité et de

2. Une affaire qui sera ensuite romancée par Daniel Pennac, bien entendu.

tranquille impertinence. Orphelin, Jérôme a vite appris à être indépendant, et même à cultiver celle-ci jusqu'à l'excentricité : « *J'avais pendant très longtemps recherché un modèle de héros auquel je pourrais m'identifier... Je n'en avais trouvé aucun... Je me désespérais... Et puis un jour, l'éclair ! L'éblouissement ! Ma longue quête était enfin terminée !! J'avais trouvé... simplement en jetant un coup d'œil au miroir de ma salle de bain... C'est ainsi que je devins mon héros préféré !* »

Lorsque l'on fait sa connaissance, Jérôme habite au dernier étage d'un immeuble du 39 rue des Orteaux, dans le 20ème arrondissement, dans un petit appartement sous les toits. Passionné par les activités policières depuis tout petit – enfant, il choisissait toujours la voiture de police sur le manège du parc tenu par Monsieur Josine – il a collé une affiche de Bogart au-dessus de son lit et collectionne les enregistrements de sirènes de police du monde entier. Pour gagner sa vie, il traduit des romans policiers, tout en rêvant vaguement à en écrire un lui-même. Mais tout cela n'est que littérature, et ce dont Jérôme a réellement envie, c'est de devenir policier – pas un flic, non, mais un « privé », comme Philip Marlowe et Nestor Burma qu'il admire. Seulement voilà, comment devient-on détective ? Lire des romans policiers ne suffit pas : Jérôme s'est inscrit aux cours par correspondance du professeur Maison. Vous avez bien lu : des cours de détective privé par correspondance. Ou plutôt, pour reprendre l'intitulé du papier à en-tête du professeur : « Criminologie, criminalistique, investigation ». Pas sérieux, pensez-vous ? Que nenni, le professeur Maison connaît bien son sujet et avec un sujet aussi motivé que Jérôme, il va forger un véritable émule. Ce qui nous ramène à cet hiver 1984 où, une nuit, Jérôme va se lancer sur la piste de la dernière épreuve conçue par son professeur... Une épreuve qui se terminera par la mort de ce pauvre Maison, seizième victime de l'Ombre qui tue, l'assassin aux fléchettes empoisonnées. Avec mission pour Jérôme, son meilleur élève, d'identifier le tueur – au sein des vingt-quatre autres élèves du cours de détective par correspondance.

Cette enquête ne fera pas seulement de Jérôme « *Un homme nouveau… un homme de 21 ans !* », elle fera surtout de lui un véritable détective privé[3]. Elle fera aussi de sa petite amie, Babette, une fille heureuse : Jérôme aura enfin osé l'embrasser !

De son nom complet Élisabeth Kalouguine, Babette est une hôtesse de l'air : si Jérôme choisissait toujours, au manège de leur enfance, la voiture de police, pour sa part elle optait pour l'avion. C'est par elle que Jérôme peut constituer sa collection de sirènes de police du monde entier, qu'elle lui rapporte fidèlement selon ses voyages. Née en 1963, donc âgée d'un an de plus que Jérôme, c'est Babette qui de plus en plus, au cours des années, procurera à l'étourdi détective quelque ancrage, un peu de pragmatisme – c'est elle, par exemple qui, ayant le permis, conduit leur deux chevaux, Capucine.

Dans nos évocations biographiques de jeunes détectives, il est souvent problématique de dire comment leur biographe les a rencontré. Dans le cas de Bloche, c'est bien simple : Alain Dodier et Jérôme ont des racines communes, à Dunkerque où vit toujours le bédéaste. Eh oui, si les enquêtes de Jérôme ont souvent un caractère très parisien qui évoquerait volontiers des atmosphères à la Maigret, Burma, Bourrel ou Adamsberg, le jeune privé fut élevé à Dunkerque. Sa grand-mère Karou y vit toujours, en compagnie de sa tante Marthe et de son oncle, Sébastien Bloche. Ce dernier, conseiller municipal à Bergues, est une sommité locale, un entrepreneur à la poigne de fer, à la tête de la société

3. Dodier, Le Tendre et Makyo, *L'Ombre qui tue*, Dupuis, 1985.

Bloche-Export (quai de la Citadelle, Dunkerque). À la Noël 1985, Jérôme aura l'occasion de mener une première enquête sur son entourage familial[4].

Dunkerquois né en 1955, Alain Dodier va apprendre la drôle de profession du jeune Bloche – tout se sait dans ces petites villes de province – et se mettre à suivre sa carrière, tout d'abord avec l'appui de deux scénaristes de bande dessinée assez renommés, Serge Le Tendre et Pierre Makyo puis, rapidement, tout seul.

Orphelin, avons-nous dit : Jérôme a été élevé à Dunkerque par son oncle et sa tante, et sa grand-mère, dans la maison familiale. Il est né de « père inconnu » et sa mère, Marie Bloche, est morte lorsqu'il avait à peine un an. Par un étrange retournement de situation, c'est une enquête menée sur lui-même par un autre détective, l'Anglais Mr. Poke du 29 Barker Street, que Jérôme va en apprendre plus sur ses origines. Et ce qu'il apprendra ne sera pas pour lui plaire : « *Il y a une mère, entre mon père et moi !… Et une mer aussi ! Pour tout vous dire, je préférerais un océan.*[5] » Son père ? Un citoyen anglais, John Harrington, qui étudiant dans les années 1950 dans un collège de Londres devint ami avec un français, Roland Flavigne. D'un serment stupide, le « jeu de trois », naîtra un conflit amoureux dont la jeune Marie Bloche sera la victime et Jérôme le résultat. Marie Bloche qui mourra un an après la naissance de son fils, dans un accident de voiture… accident, ou suicide, en fait ? Après avoir refusé la somme d'argent proposée par John Harrington, qui arguait d'une trop grande différence de milieu, Marie Bloche n'étant que femme de chambre.

Ses racines britanniques s'étant révélées tristement traîtres, Jérôme se constituera sa propre famille, non pas celle dont

4. Dodier et Makyo, *À la vie, à la mort*, Dupuis, 1986.
5. Dodier et Makyo, *Le Jeu de trois*, Depuis, 1987.

l'on hérite mais celle que l'on choisit : avec son déménagement dans un autre appartement, cette fois sous les toits de Montmartre, au 39 rue Francœur dans le 18ème, le jeune détective va se créer tout un entourage attachant, une nouvelle intimité. Mme Rose tout d'abord, sa concierge. Mme Zelda, la voyante d'en face, Carole de son prénom. Et l'épicier arabe du quartier, Burhan Seif el Din. À ce jour, Dodier continue à chroniquer les principales enquêtes de Jérôme (et de Babette !), qui s'il n'est plus aussi jeune a su bien vieillir et garder l'essentiel de son innocence – certains diraient, de sa maladresse, aussi. Le rythme de réalisation des albums de la série « Jérôme K. Jérôme Bloche » fait que nous n'en sommes encore que dans la trentaine de ce détective pas comme les autres, qui conserve de Maigret la tranquille gravité et d'Adamsberg l'émotivité peu cérébrale.

(André-François Ruaud)

Chapitre vingt

P. P. Cul-Vert

En tout lieu et en tous temps, les grands détectives ont couru les rues et suscité l'admiration de tous : Sherlock Holmes, Nero Wolfe, Nestor Burma, frère Cadfaël, Hercule Poirot, Rouletabille, le juge Ti ont connu la célébrité de leur vivant ou après... Mais à treize ans, pour être franc, on s'en fiche un peu, on a souvent bien d'autres préoccupations, comme celle de trouver une alternative viable au terne repas servi à la cantine. Toutefois, il faut reconnaître qu'en certains lieux et certaines époques, distribués par le Destin sans qu'on puisse y discerner une trame répétitive prévisible, des individus précoces se révèlent de fins enquêteurs et si le théâtre de leurs exploits se restreint bien souvent à l'univers fermé que constituent leurs collèges ou écoles, il n'en retentit pas moins des clameurs de leurs hauts faits déductifs et de la satisfaction due aux mystères vivement résolus...

Ainsi le pensionnat de Saint-Agil garde-t-il la mémoire de ses disparus depuis longtemps retrouvés, et disparus de nouveau dans l'anonymat de l'âge adulte ; ainsi, et c'est ce cas précis qui nous intéresse ici, le collège Chateaubriand résonne-t-il encore des prouesses de Pierre-Paul Louis de Culbert, dit P.P. Cul-Vert, ce satirique surnom ne réussissant pas plus à ternir son souvenir qu'il ne le dérangeait à l'époque de sa, relative, gloire, et de ses acolytes, Rémi Pharamon et Mathilde Blondin.

Rien ne semblait destiner le fils d'Yvonne et Anthime de Culbert à devoir se singulariser de ses comparses de la quatrième II, excepté bien entendu son appétit infini et le très haut degré d'estime et d'auto-satisfaction dont il faisait preuve en permanence, point commun avec un certain autre grand détective, si on veut bien y réfléchir un instant. Pourtant, il semble que les aventures se soient multipliées autour de lui et qu'il y ait plongé, plus ou moins volontairement, durant son année glorieuse de quatrième.

Ses premiers pas de détective furent réalisés pendant un voyage à Venise, organisé par la ville, suite à un concours d'histoire à destination des collèges. Grande aventure en soi que cette virée en Italie en compagnie des deux acolytes susnommés, tous trois vainqueurs de ce concours (enfin, si l'on veut, puisqu'il s'avéra que Rémi Pharamon n'avait mérité sa place dans ce voyage qu'au prix d'une tricherie éhontée, ce qui lui fut pardonné au vu de sa contribution à l'enquête qui se révéla exceptionnelle) et d'un professeur, dont le moindre mérite fut de disparaître mystérieusement avant même l'arrivée. Étonnamment, lors de cette première aventure, les fameux compagnons menèrent davantage l'enquête que l'auto-proclamé « héros de l'histoire », révélant ainsi la dynamique de l'équipe. Car c'est un trio inséparable qui aura été le héros de toutes ces aventure. On put ainsi découvrir, au cours de cette enquête minutieuse dans la ville des Doges pour retrouver le professeur disparu, le dynamisme et le pragmatisme de Rémi, l'ingéniosité et l'efficacité de

Mathilde et le savoir encyclopédique et les fulgurantes idées de génie de Pierre-Paul.

C'est au pied du mur que se révèle le maçon, dit l'adage, et c'est confrontés à la disparition de leur professeur que trois collégiens (presque) ordinaires allaient se révéler de fameux limiers. Les facultés d'observation de Mathilde les jetèrent sur la piste d'un mystérieux inconnu, tandis que P.P. usait de son intelligence pour décrypter un message secret et que Rémi faisait preuve d'audace en entraînant ses amis à passer la nuit dans un musée fermé pour mieux déjouer les stratagèmes d'un collectionneur peu scrupuleux et de sa bande de brigands.

Si la prestation de P.P. Cul-vert ne s'était pas terminée pieds et poings liés dans un sac sur une gondole, ayant été pris en otage par ces mêmes bandits, il faut reconnaître que nous aurions été davantage impressionné, mais les vrais héros n'ont pas la vie aussi facile que les personnages de roman, il faut bien le reconnaître.

La preuve en est que, de retour de leur escapade vénitienne, alors qu'ils eussent pu s'attendre, comme la plupart des adolescents scolarisés, à un tranquille ennui au collège, ils furent de nouveau confrontés à une situation exceptionnelle : l'agression nocturne d'un professeur de sciences-naturelles... Événement propre à bouleverser la tranquillité d'un établissement, surtout quand celui-ci est un peu désuet et calme. Par voie de conséquence, les internes furent un peu bousculés dans leur routine quotidienne. Aucun, cependant, ne le fut autant que le pauvre Rémi Pharamon ! En guise de cadeau pour les treize ans qu'il venait d'avoir, il se vit, en effet, accusé d'avoir commis le crime et accablé par le témoignage irréfutable... de Pierre-Paul de Culbert ! Rien n'est plus beau que l'amitié, paraît-il. En revanche, rien n'est plus terrible que de la voir non pas fissurée, mais fracassée par le marteau de la trahison ! Rémi se trouva fort déprimé et Mathilde carrément furieuse : aucun d'entre eux n'avaient jamais envisagé que Pierre-Paul put être aussi infidèle... C'était mal connaître P.P., qui, s'il possède de nombreux défauts, ne possède pas celui-là. Il ne fut pas long à dissiper le malentendu : son faux témoignage n'était qu'un moyen retors de ne pas affoler le suspect qu'il avait aperçu la nuit du crime. Bien sûr, cela ne faisait pas le bonheur de Rémi, mais les programmes du collège n'incluent pas l'étude de la criminologie, ni la préparation au sacerdoce du détective privé, et les trois amis en étaient encore à découvrir sur le tas les aléas de l'investigation. Ceux-ci, visiblement, englobent la prise d'otage, l'accusation mensongère, le faux témoignage, la mise sur la touche et même, la pire des épreuves : la famine (mais là, dans le cas de P.P. Cul-Vert, il s'agit d'un état physique assez courant, séparant en général deux repas...)

À ce propos, une parenthèse nécessaire s'impose dans cette biographie du détective adolescent, pour rappeler que ses appétits n'incluaient pas seulement la résolution de problèmes complexes et d'énigmes, l'élucidation de mystères et la réparation de crimes ou l'étude du meilleur moyen d'éviter sa sœur, Rose-lise de Culbert, mais également des nourritures bien plus terrestres. En effet, P.P. Cul-Vert n'hésita jamais à ouvrir une boîte de choucroute pour le petit-déjeuner, à dévorer un sandwich au saucisson au beau milieu d'une filature ou d'une exploration. Mieux, il explora les limites de la gastronomie en inventant des recettes fameuses comme le « camembert en chemise » ou « La fricassée de cervelle à la Culbert, et son coulis de fruit rouge » ou encore « la brandade de morue fourrée aux raisins secs ». Est-il besoin de préciser que ces innovations culinaires avant-gardistes ne firent qu'un seul adepte : P.P. lui-même, ce qui lui laissa davantage de temps pour ses enquêtes (et préserva la santé de ses camarades)...

Une autre particularité, plus sérieuse, de notre trio de détectives, c'est d'avoir connu son heure de gloire (et l'intégralité de leurs aventures) sur une période d'une année, celle de leur fameuse quatrième au collège Chateaubriant, éphémères enquêteurs ayant sublimé leur passage à l'adolescence par un génie hors du commun. Cette année scolaire fut riche en voyages et, par suite, en aventures diverses... On pouvait d'ailleurs faire confiance à l'infatigable Pierre-Paul pour nourrir en péripéties les moments creux de leurs existences...

Ainsi, en marge de leurs activités scolaires, durant les vacances, il les lança sur un concours organisé par le journal local et ils pistèrent sur les routes de France les différents indices leur permettant de retrouver la Salamandre, œuvre unique du grand sculpteur Roberto Bolognese. Lent périple à la recherche d'indices sélectionnés par le magazine, bientôt bouleversé par les manœuvres frauduleuses d'un inconnu prêt à tout, apparemment, pour se saisir de la fameuse Salamandre. Une nouvelle fois, les qualités inhérentes à chacun des trois jeunes détectives, ainsi que de leur comparse adulte, M. Coruscant, le professeur qu'ils avaient autrefois contribué à retrouver à Venise et qui, depuis, ne manquait pas une occasion de leur donner un coup de main, furent nécessaires pour déjouer les plans des coquins (et aussi, incidemment, celui de Rose-Lise, qui mettait des bâtons dans les roues de son frère [pas] chéri).

Pour conclure cet historique de l'année folle de ce trio, il nous faut traverser la Manche, comme ils le firent à deux reprises... Leur première incursion dans la blanche Albion naquit de la traditionnelle visite de classe auprès des « correspondants anglais » organisée par Mlle Pencil, professeur du collège. Répartis dans des familles d'accueil de la ville de Linbury, les élèves, et parmi eux nos détectives, découvrirent les traditionnelles réjouissances qui attendent les continentaux égarés en Grande-Bretagne. Bien entendu,

Rémi et P.P., jouant de malchance, ne purent être accueillis dans les familles prévues et durent accepter l'hospitalité de l'inquiétante Mrs Moule et de son mystérieux serviteur indien. Aussitôt, tous leurs sens furent à l'affût, ce qui n'était pas superflu, puisque, très vite, ils eurent à enquêter, avec succès, sur un cambriolage survenue chez la duchesse de Cupoftea, lointaine cousine de Pierre-Paul par ailleurs. D'aucuns pourraient trouver étrange cette parenté du jeune de Culbert, mais la vie réserve parfois des coïncidences plus incroyables encore et ce serait oublier que notre détective collégien est issu d'une noble et très ancienne famille, dont les ramifications sont très étendues.

Ainsi, quelques mois plus tard, c'est chez un sien cousin (essayez de dire cette phrase rapidement trois fois de suite) que ses amis, convoqués de façon singulière, le retrouvèrent, au cœur de Keayscastle, au sein de la profonde Écosse. Conduits par une gouvernante dont la carrure en aurait imposé au rugbyman le plus athlétique, dans une Rolls-Royce Silver Shadow, Mathilde et Rémi furent les hôtes du fameux John-Archibald de Culbert, châtelain et savant chez qui Pierre-Paul passait des vacances, en profitant pour suivre un régime l'empêchant de se consacrer à ses fameux sandwiches Nutella-saucisson à l'ail. Évidemment, connaissant le fameux P.P., il était à prévoir que cette réunion n'avait pas pour but une excursion touristique. L'idée lumineuse du pilier du trio était, tout simplement, de pister et de découvrir le monstre du Loch Ness, voisin du château de son cousin. Il va de soi que les protestations, doutes et railleries fusèrent de la part des deux amis de P.P., mais ils furent vite tus, car il s'avéra que, dans le plus grand secret, John-Archibald menait de semblables recherches et que non seulement elle n'étaient pas infructueuses, mais elles étaient de plus menacées par un savant rival. Il échut aux trois amis de faire obstacle au plan de celui-ci, afin de préserver la tranquillité de Nessie, et même celle de son petit. Tout cela bien sûr dans le plus grand secret, que seul le temps écoulé depuis cette aventure nous libère de l'obligation de dissimuler. Cela dit, si nous prenons aujourd'hui le risque de révéler la chose dans cet article, c'est que nous gageons sur le grand esprit de responsabilité de nos lecteurs éclairés et comptons sur leur discrétion absolue. P.P. Cul-vert, Rémy Pharamon et Mathilde Blondin auraient très probablement partagé ce point de vue, optimiste et confiant dans la bonne volonté de l'humanité, qui les a probablement menés vers des destinées dignes de leurs exploits adolescents...[1]

(Philippe Caille)

1. Jean-Philippe Arrou-Vignod, leur biographe, a livré en 2019 une huitième enquête, inconnue, de P.P. et de ses amis : *L'Élève qui n'existait pas*, et il ne serait pas étonnant qu'il en exhume encore quelques autres de ses archives, un jour ou l'autre. (NdÉ)

名探偵コナン
めいたんてい
VOLUME 84
DETECTIVE CONAN
青山剛昌
あおやまごうしょう

Couverture par
Gosho Aoyama.

Chapitre vingt-et-un

Détective Conan

À dix-sept ans, Shinichi Kudô est le plus jeune détective japonais : célèbre pour son arrogance autant que pour ses talents de déduction, il fait les beaux jours de la presse et l'admiration de son amie d'enfance, Ran. Celle-ci soupire en secret pour ce petit génie qui résout sans peine les crimes non élucidés par la police japonaise. Son physique avantageux et élégant – yeux bleus, cheveux sombre, port du costume en toutes circonstances – lui attire les applaudissements d'un petit groupe de fans qui, fasciné par son intelligence supérieur autant que par sa silhouette charmante, suit avec dévotion les progrès de ses enquêtes. Shinichi s'imagine déjà faire une brillante carrière de Sherlock Holmes japonais – son absence évidente de talent musical lui interdisant de devenir une pop star ! – et inspirer à son père, Yusaku Kudô, de nouveaux thriller palpitants que sa mère, Yukiko, saurait interpréter de toute sa verve d'actrice.

Mais sa curiosité se chargera de mettre un frein à ses ambitions. Alors qu'il fête la victoire de Ran à un tournoi de karaté, Shinichi est le témoin d'un meurtre conduit par une mystérieuse organisation, les Hommes en Noir, dont les membres répondent aux doux noms de leur alcool de prédilection (Vodka, Gin, Vermouth, Bourbon…). Plutôt que de rester aux côtés de celle pour laquelle il éprouve une tendresse inavouable, il choisit de pourchasser le coupable et est fait prisonnier de ses ennemis. Ceux-ci lui font alors absorber une pilule d'une expérimentation chimique, l'APTX 4869 qui, au lieu de le tuer, le transforme, de façon inespérée, en petit garçon de six ans.

Désespéré, désireux de se venger, Shinichi se forge une nouvelle identité : celle de Conan Edogawa, ou détective Conan, nom forgé à partir de ses deux passions premières, l'auteur de Sherlock Holmes et son équivalent japonais, Edogawa Rampo. Il doit abandonner sa chère indépendance et le manoir où il vivait seul – ses parents poursuivant leurs carrières respectives à l'étranger. Comment, en effet, justifier qu'un garçonnet y vive en solitaire ? Ses ennemis ne risqueraient-ils pas de se rendre compte de sa métamorphose et de l'assassiner, lui et ses proches ?

Recueilli par Ran, qui voit en lui l'ami en culottes courtes d'un Shinichi qui a disparu sans laisser de traces, Conan se réinvente une vie. Inscrit à l'école primaire, il tente tant bien que mal de paraître son âge physique en glissant, dans ses prises de parole matures, quelques expressions enfantines, et en se créant une petite bande d'amis : Heiji, Haibara, et un petit clan qui deviendra plus tard celui des Détectives Juniors. Son manque d'intérêt pour les jeux vidéo et la culture *otaku* et son goût pour une certaine élégance vestimentaire – Conan est une véritable miniature stylistique de Shinichi – trahissent bien souvent son âge réel : heureusement, son goût pour le football et sa fréquentation assidue de la télévision lui permettent de donner le change à ses petits camarades et de duper les adultes.

Cet embryon de vie junior n'est toutefois pas suffisant : sa passion pour l'enquête et son don pour se retrouver dans les parages d'un crime fraîchement commis pousseront Conan à manipuler le père de Ran, Kogoro Mouri, un détective au rabais. Avec l'aide du professeur Agasa, un ami des parents de Shinichi, Conan développe un lot de gadgets qui lui permettront de lutter contre le crime en toute discrétion : son nœud papillon cache un modificateur de voix et sa montre lance des petits dards chargés de somnifère. Une fois piqué, Kogoro deviendra le célèbre Détective Endormi, capable, après des déductions absurdes et le plus souvent crétines, de délivrer, au cours de ses « transes », les solutions improbables de meurtres. C'est en fait Conan, dont le frêle corps est dissimulé derrière le corps assoupi, qui les formule à l'aide de son modificateur de voix.

Agasa trafiquera également les semelles des chaussures de Conan pour permettre à ce fan de football de démultiplier ses forces d'enfant au moment de shooter dans un ballon : un talent qui permettra à ce corps frêle et fragile de se tirer de maintes situations périlleuses en assommant ses ennemis d'un tir bien senti ! Le Q de ce micro James Bond lui fournira, au fil des tomes de ces enquêtes compilées par Gōshō Aoyama, d'autres outils bien utiles : les lunettes contiennent un microphone que Conan peut placer où il le souhaite pour épier les conversations ; ses bretelles trafiquées lui permettent de soulever des poids importants. Son skateboard, boosté à l'énergie solaire, lui permet de poursuivre ses ennemis ; sa boîte à *bento* recèle un fax portatif… Le club des Détectives Juniors aura également accès à certaines innovations du Professeur Agasa : badges servant de talkie-walkie, montres garnies de lampes de poche…

C'est donc bien armé que Conan multiplie les enquêtes : assassinats, kidnapping, vols, chantages, aucun crime ne résiste à ses talents de déduction, à sa soif de logique et à sa mémoire photographique. Utilisant son apparence d'enfant pour poser innocemment des questions et amener les suspects à se trahir plus facilement, il impressionne par sa rigueur intellectuelle et son enthousiasme. Peu lui importe le client (footballer professionnel, actrice, PDG et artistes reconnus sont traités de la même manière que ses camarades de classe ou qu'un noble désargenté), le lieu (le shinkansen, un paquebot de luxe, un immeuble désaffecté, un atelier de potier, une salle d'entraînement d'aikido…) ou la gravité du crime commis, chaque cas est examiné avec le même soin et la même envie d'aboutir à cette « seule vérité » qu'il porte au sein des *kanji* formant son prénom originel (*shin* signifiant « la vérité » et *ichi* « une seule »).

Démasquer le coupable devient une véritable passion obsessive – au risque d'en oublier, parfois, le savoir-vivre le plus élémentaire envers ceux qui enquêtent à ses côtés : en cela, Conan est digne de son modèle, Holmes ! –, mais pas au risque de compromettre certains idéaux moraux. Au cours d'une investigation, un autre précoce détective, l'adolescent Heiji Hattori, déclare que pousser le coupable d'un crime au suicide ne serait pas une grande perte pour l'humanité : Conan lui soutient alors que l'investigateur qui manipulerait ainsi le criminel se rendrait coupable d'un meurtre aussi odieux que celui perpétré par l'assassin – ce en quoi Conan se montre digne d'un autre grand détective, Hercule Poirot. Son immense respect de la vie humaine est sans doute ce qui le pousse à redoubler d'efforts pour améliorer ses capacités intuitives afin de résoudre au plus vite ses enquêtes : Conan restera hanté par les victimes qu'il n'aura su sauver.

Si Conan ressent parfois une certaine frustration à ne pas délivrer lui-même le résultat de ses déductions, obligé qu'il est d'endormir un adulte pour les donner, il poursuit malgré tout avec satisfaction sa carrière de justicier, à l'ombre d'un Kogoro qui, ravi de son regain de popularité, est recruté de toute part pour résoudre des enquêtes toujours plus complexes.

Le club des Détectives Juniors offre une alternative plaisante aux crimes glauques auxquels est confronté le « Détective Endormi » : les jeunes compagnons de Conan, bienheureux de combattre le crime et de rechercher la gloire sur leur temps extrascolaires, posent un regard frais et neuf sur les affaires à résoudre et, à défaut de réellement aider Conan dans ses déductions, lui servent de petits espions. Aidés par le professeur Agasa, qui les équipe pour rendre leurs péripéties plus palpitantes, et, plus tard, par leur maître d'école, Sumiko Kobayashi, un fan de romans policiers, les Détectives Juniors résoudront principalement des affaires de vols et d'enlèvements, et empêcheront des individus suspects de commettre des crimes bien plus graves.

Si l'on demandait à Conan de nommer ses aventures les plus excitantes, il citerait certainement celles qui lui permettent de tirer parti de sa connaissance minutieuse du canon holmésien. Le jeune détective a en effet traqué le responsable de morts en série touchant un club d'amoureux d'Arthur Conan Doyle, réunis au sein d'un concours leur permettant de gagner l'édition originale d'*Une étude en rouge*. Il a aussi poursuivi, à travers Londres, un meurtrier semant les indices révélant le crime qu'il comptait commettre à travers des citations de Sherlock Holmes désignant des éléments distinctifs du paysage londonien et dessinant, sur la carte, le lieu et l'heure du meurtre.

Son opposition au célèbre Kaitō Kid, dit aussi Kid l'Insaisissable ou Kid Cat Burglar, gagnerait certainement la seconde position : cet adolescent gentleman-cambrioleur, dont le physique rappelle étonnamment celui de Shinichi, maîtrise à la perfection l'art du travestissement et de la prestidigitation.

À la manière d'Arsène Lupin, son modèle, Kid parvient toujours à s'échapper, emportant dans la moire de sa cape les trésors qu'il convoitait, comme la célèbre perle Black Star de la famille Suzuki, ses victimes de prédilection. Si Conan parviendra parfois à récupérer certains des objets dérobés (un saphir bleu des mers, la corne d'ambre d'un Kirin, des tableaux, des talons incrustés de diamants…), ce n'est que parce que Kaitō Kid le veut bien. Son opposition à Conan repose sur un curieux respect mutuel et un certain code de l'honneur, qui les amènera parfois à collaborer, lorsque Kid sera injustement accusé de forfaits qu'il n'a pas commis ou qu'il décidera d'aider Conan à démasquer un des Hommes en Noir, Bourbon.

Cette vie d'aventures n'est toutefois pas entièrement satisfaisante : difficile, pour Conan, de voir Ran languir d'amour et de tristesse pour Shinichi, et ne pas comprendre pourquoi celui-ci ne donne pas de nouvelles. Quoiqu'il s'autorise parfois à utiliser son modificateur de voix pour lui passer un coup de fil, il peine à la rassurer. Le quotidien n'est pas non plus de tout repos : comment refuser de prendre un bain avec celle qu'il appelle *nee-chan* (grande sœur) et lui cacher un désir tout à fait indigne d'un garçonnet ? Comment lutter contre les doutes de Ran, qui ne peut s'empêcher de reconnaître de nombreux traits de Shinichi dans cet étrange petit garçon à l'attitude bien peu enfantine, qui prétend avoir « *entendu à la télé* » les déductions intelligentes qu'il fournit ? Comment la protéger, malgré elle, des Hommes en Noir ?

Conan parviendra parfois à retrouver l'apparence de Shinichi au cours de certaines enquêtes, ce qui lui permettra de donner quelques preuves de son affection à sa chère Ran. Le premier retour à la normale est dû à la curieuse combinaison d'une grippe et d'alcool : mais le jeune détective développera une immunité à l'alcool et ne pourra pas reproduire la transformation. La rencontre avec Ai Haibara, l'inventrice de l'APTX 4869, qui a quitté les Hommes en Noir et le nom de code de Sherry après avoir été victime de sa propre drogue, permettra à Conan de redevenir ponctuellement Shinichi. S'il ne parvient pas à se déclarer à Ran dans un premier temps – il se transforme alors qu'il était sur le point de se confesser –, il parvient à lui glisser, au cours d'une nouvelle métamorphose, que ce qu'elle semble tant vouloir lui dire et qu'il aimerait à son tour lui dire sont, selon ses déductions, une seule et même chose. Ce n'est quelque temps plus tard, à Londres, qu'il lui confessera que le cœur de la femme qu'il aime est pour lui une énigme bien plus mystérieuse que toutes celles qu'il résout avec tant de facilité.

Malgré cette jolie déclaration, Shinichi et Ran ne peuvent vivre pleinement leur amour : Conan persiste à vouloir lui dissimuler sa véritable identité, de peur que les Hommes en Noir ne s'en prennent à elle. Il traque, tout au long de ses aventures, ces étranges bandits, dans l'espoir d'exposer l'organisation qui a fait prendre à sa vie un tournant si douloureux. Si la chance lui permet d'en croiser quelques-uns (Gin, Vodka, Tequila), qui finissent toujours par mourir tragiquement avant que le détective ait le temps de les questionner, maigres sont les pistes pour démonter cette curieuse pieuvre mafieuse. Sa rencontre avec Ai lui permettra d'en savoir un peu plus sur le fonctionnement interne de ce groupe dirigé par un homme au nom inconnu, qui communique avec ses troupes par textos et dont le numéro forme la mélodie d'une chanson pour enfant, « Nanatsu noko » (« Sept enfants »). Ce véritable syndicat du crime a ses spécialités (cambriolage, espionnage, développement de *software* agressifs, meurtre, *crowdfunding* pour le développement de technologies malveillantes…), son organigramme, ses coutumes (les membres y sont vêtus de noir, pour ressembler à des corbeaux)… et ses projets cachés : Conan les suspecte à de nombreuses reprises de chercher à développer des moyens pour retarder le vieillissement – la drogue absorbée par Shinichi serait une variation ratée de ce plan –, atteindre l'immortalité et, peut-être, réveiller les morts.

Si les membres de l'organisation ne sont pas tous éminemment corrompus – Ai, l'ancienne Sherry, deviendra une alliée de Conan, et Vermouth, quoiqu'au courant de la véritable identité de celui-ci, le protègera car le jeune détective l'a sauvée –, ils cherchent régulièrement à se débarrasser de cet adversaire qui leur met tant de bâtons dans les roues. L'un d'entre eux, Bourbon, se fera même engager par le « détective endormi » Kogoro, en tant qu'apprenti, pour pouvoir garder un œil sur Conan, forçant celui-ci à redoubler d'efforts pour cacher sa véritable identité et protéger Ran.

Conan n'a, à ce jour, pas réussi à percer tous les secrets de cette organisation, ni à l'exposer aux yeux du public, malgré l'intervention ponctuelle du FBI ou de la CIA : si certains meurtres fomentés par Kir et Chianti ont été empêchés *in extremis*, d'autres cadavres rappellent tristement à Conan qu'il est loin d'être au bout de ses aventures. L'étau se resserre autour de lui : saura-t-il défendre les siens jusqu'au bout et retrouver son corps d'origine ?

Seuls l'avenir et la fin du récit de Gōshō Aoyama nous le diront…[1]

(Julie Proust Tanguy)

1. Les aventures de Détective Conan comptent à ce jour 808 épisodes, dont 700 ont été traduits en français, et dix-sept films, dont cinq ont été doublés en français.

Remerciements

L'éditeur souhaite remercier pour leur aide
Jean-Paul Jennequin, Xavier Mauméjean, Samuel Minne
et Philippe Poirier. Et nous souhaitons rendre hommage
à monsieur Georges Chaulet, qui s'est éteint la semaine
précédent le rendez-vous pris par un de nos collaborateurs
pour l'interviewer.
L'inspiration de ce volume lui doit énormément
(ci-dessous sa signature).

Page en face :
les Hardy Boys se penchent sur une nouvelle énigme.

Page suivante :
illustration de Pierre Joubert pour l'une des enquêtes du Chat-Tigre, La Bible de Chambertin *de Mik Fondal (1959).*

Table des matières

Les **Moutons électriques**

Imprimé en République tchèque,
en mai 2023